记沪
事乡

沈月明 著

生活·讀書·新知
三联书店

图书在版编目(CIP)数据

沪乡记事 / 沈月明著.—北京:生活·读书·新知三联书店,2017.7
(2022.4 重印)
ISBN 978-7-108-05927-7

Ⅰ.①沪… Ⅱ.①沈… Ⅲ.①散文集-中国-当代 Ⅳ.①I267

中国版本图书馆 CIP 数据核字(2017)第 146778 号

责任编辑 王秦伟 刁俊娅
封面设计 储 平
出版发行 生活·讀書·新知 三联书店
      (北京市东城区美术馆东街 22 号)
邮　编 100010
印　刷 上海丽佳制版印刷有限公司
排　版 南京前锦排版服务有限公司
版　次 2017 年 7 月第 1 版
      2022 年 4 月第 3 次印刷
开　本 787 毫米×1092 毫米 1/32 印张 11
字　数 152 千字 图 53 幅
定　价 56.00 元

目　录

沧海桑梓地

开往春天的周南线

上海到乌鲁木齐的直飞时间是五个半小时，而某一次我从上海师大回南汇老家，用了六个小时。很多人张大了嘴巴表示不能相信，但这是确凿的事实。当然那是在 1991 年或 1992 年，而且是一次例外，等车的时间出奇的长。但无论如何总要四个小时。

每到周五，桂林路上的 43 路始发站就要排很长的队。上车后沿肇嘉浜路一路迤逦着开到大木桥，然后转乘市井气十足的 45 路，穿街过巷到达半淞园路码头，再坐摆渡船到对岸的周家渡码头。话说坐摆渡船是很需要耐心的。人们伫立在微微晃动的江面廊桥上，看着渡船以慢速漂移的姿态悠悠靠岸。"滴铃铃"一声长响，两扇铁丝网大门左右拉开，乘客便像集中营里释放的难民一样涌向甲板。那个年代是没有禁烟这回事的，渡船上甚

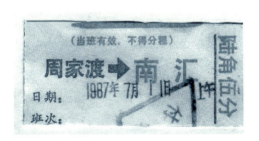

六角五分的周南线车票

至有卖烟和方便面的小摊位。两岸的中年男人站在那里面无表情,放肆地吞云吐雾。一支烟多一点的时间,船就靠岸了。

上了周家渡码头,才是漫长等待的开始。全南汇在上海读书的大学生们都汇聚在这里,等候回家的周南线。隔离栏弯弯绕绕的粗铁管,被学生们疲惫的胳膊肘磨得黝黑发亮。这个周南线,一路行来少说四十公里,没两个小时是不可能到的。如果调度没弄好,一个小时来一班也很正常。为了体现公平,也适应长途车乘客的不同需求,那时候的周南线始发站有站票和坐票之分。坐票乘客排队时间长,但总是优先上车,然后才开闸放站票乘客。为了少等半个小时,最后几个人总是一寸一寸死命往里挤。

那个年头由上海市区通往郊区的交通就是这样不方便,所有南汇人回家的依托就是这辆"两节头"的"巨龙"公交车。每次当它跌跌撞撞地开进站来,我们就像看到老乡一样亲切。

话说 20 世纪 90 年代初的周家渡是一片冷清而破落的市区,彼时应该还属于南市区,后来就属于浦东新区了。再后来,南市区没有了,最后,周家渡也没有了。周家渡的变化之大,绝对称得上"华丽转身"。如今,这里是中华艺术宫、世博中心和梅赛德斯-奔驰文化中心的所在地。真正的周家渡码头原址,应该在世博中心后面世博公园的某一段滨江路上。

周南线说到底还是乡下人。它在市区段扭扭捏捏开得很慢,红绿灯它怕,来来往往的小汽车它更怕。一旦转过周浦监狱,它就撒欢地跑起来,身也正了,气也匀了。

虽然开得慢吞吞的,但周南线经过的市区部分并未给我留下更生动的印象。灰白墙的老公房,门前宽广的上钢三厂。印象最深的是路过的雪野路,感觉这地名高级而富有诗意。

后来我发现这些地方一点也不冷清。在本土小说家夏商的笔下,三林塘、杨思、六里,到处是活色生香、风月无边。

整体来说,我很享受从周家渡到惠南镇的旅途。其实从市区到南汇还有个选择,就是摆渡到东昌路码头坐沪南线,但通常情况下我只选择周南线。周南线从周家渡、杨思、凌兆、三林、康桥一路向南,到周浦折而向东,此后一路都是乡间公路,而且很长一段时间都是沿着宽阔的北六灶港行驶。春天的时候,看桃花,看油菜花,看麦田。河的北岸是连绵的人家,在窗外无声无息,傍晚的时候有炊烟断断续续升起。

那时没有手机,车上看书没有空间,光线也经常不够,所以一路可以胡思乱想。我有时会想,这样的水乡人家,桃花十里,谁家的女儿在其中长大? 浣衣,做饭,闲话,帮阿妈一起剥蚕豆,陪阿爸一起喝黄酒。夕阳西下的时候,看河对岸的一辆公交车孤独地行驶,车上又是怎样的少年,从城市星夜要回家。

如今我查看电子地图才知道,那里真是一个颇有诗意的地方,名瓦屑乡。

当周南线像跑完马拉松一样喘着粗气抵达惠南镇东门公交总站后,我还得换个南三线、南大线、南芦线或南泥线之类的车,这样的公交车都是"一节头"了。坐两站路,在白底蓝字的长方形小站牌"黄路"那里跳下车,从这里走到家用不了半个小时。而这时往往已是暮霭沉沉了。

周南线是非常孤独的。在那样的时代,它一路行来,很少有车和它交会。而我回家通常是不积极的,动身得晚,经常车过周浦,天已经黑了。

没有路灯的河边公路,整个世界都是漆黑一片,发动机的声音至少在记忆里消失了。大概是末班车了,公共汽车里挤满了急着要回家的人。也许是路太漫长,也许

1999 年的惠南镇东门

是不忍破坏这夜的宁静,所有人都默不作声。我面窗而站,一个女人前胸贴着我的后背,隔着衬衫我甚至能感受到她身体的潮热。在某一站停车下客的时候,我回头看了看她,健康红润的脸庞,是一个乡下姐姐。她若无其事地瞥了一眼我这个书生样的青年。

车又开动了。我甚而希望在这黑甜乡里,开往春天的周南线,一直一直开下去。

不 知 鹤 乡 是 吾 乡

当一个 20 世纪 90 年代初的大学生从南汇县黄路车站跳下公交车,向东走过红卫桥,沿着那条永不平坦的钢渣路走上一程,再转上一条更小、更坑坑洼洼的碎石路,向北来到一条小河边,生他养他的农家就到了。

等他躺到床上,即便再晚,母亲也要坐到床沿上来问长问短。各种关于农村的变化并不能引起他的兴趣,甚至让他有种隐隐的烦躁和不安。真正使他感到放松并能仔细倾听的事,是母亲讲起乡邻的种种消息,特别是他那些童年伙伴们的近况。但很多时候,消息并不令人振奋,甚至令人惆怅。

他是这个宅上最早的——在很长一段时间也是唯一的——大学生。小伙伴们初中毕业后就已经分道扬镳。如今的他,似乎是乡村旧日唯一的守望者。虽然离得如

黄路镇上的百年老宅

此之远,归来次数如此之少,看起来很不合格。

清晨的时候,他推开后门,走几步路来到河边。这条老港河,土语唤作老港沟,几乎流淌着他所有的童年记忆。

河边小路是一条最宽时也不过一米的泥路。天好时被踩得光滑坚硬,一下雨就泥泞不堪,太阳晒一天又好了。如此羊肠小径,却是东北角袁路村的人去镇上时爱走的近路。

我记忆中这条小路最壮观的时刻是有一支百来人的解放军行军队伍经过。士兵们扛着枪,背着行军被,整整齐齐、一声不吭地走过,满眼的草绿色。我知道他们的营地在我家东北四五里地的二号桥。小学的时候,我们曾在部队的操场上开展过运动会。营地边上有两个巨大的水泥碉堡,不过早已废弃了。我们曾经钻进去玩过,规模比以往市区里常见的要大很多,现在看来是一个拍恐怖片或科幻片的上佳外景地。

走过部队的小路,也走过佳人。

一直记得有一位在工厂上班的姐姐,身材苗条,肤如凝脂,眉如山黛,五官甚至有点像深目高鼻的西方人,总之非常的洋气。不过吾乡吾土,虽无山村之秀逸,却有水乡之清丽,罗敷美女,亦时见于途。

她就这样在这条小路上一次次袅袅婷婷地走过,也是阡陌上的一道风景。遗憾的是,沿途一精壮小伙儿对她的美貌动了邪念,在某个夜晚跳出来,竟要强拖她入小树林。所幸姑娘机警,用手电照了他的面孔,壮汉急遁而去。姑娘花容失色,回家哭诉于父母。但此事最后也不了了之,恐是小伙儿家人私下求情告了饶。在七八十年代的南汇乡村,人情远远大于法制,很多纠纷都是以调解的方式了结。而我所说的遗憾,就是这条河边小路,从此再无丽人行。

这条河就是有这样的魔力,驻足在它边上,看天光云影,感受清风拂面,就会回到过去悠长的岁月,回到弥漫着柴火气的、漫天火烧云的乡村生活。这让我不由自主地想起很多很多童年的画面,比如在几乎要淹没我的麦地田埂上,和小建平家凶悍的母湖羊(绵羊的一种)对峙,然后被它一头拱倒在河边的油菜田里,比如在曹家宅南边的河滩上,和勤龙一起点燃一堆陈年的谷壳,冲天的烟火温暖了冬日的村庄……

这条小路的魔力，或许来自它与大海的神秘联系。

小时候蹲在这条路上，用一根树枝拨开表土，会发现这条小路的主要成分是沙泥。这种半沙半泥的土细腻程度难以形容，有点像女人的胭脂粉，当然它的颜色是浅灰色的，与本乡常见的黄土不同。

并不需要挖太深，就可以看到一个又一个的白色小贝壳。这种小贝壳是扇形的，今日想来，可能是银蚶的外壳，而家乡人把这种沙地里的贝壳称为蚬壳。

有意思的是，这种沙泥地在本乡只是零星地分布。比如我家一块承包田，名为洋沙泥滩涂，就是一小块河边的坡地，土质疏松，透水性好，种洋山芋（土豆）、山芋、花生是极好的。

细沙，还有小贝壳，都指向一段并不太遥远的历史——我的家乡曾经是一片海。

所谓沧海桑田，本乡是生动的一例。

其实不需要考古挖掘和地质分析，光看我们这个村庄的名字——海沈村，就一目了然了。对比一下周遭幸

赶海归来

福、友爱、东联、新民等村庄,这个村名显然别有诗意。再往东还有桥西、烟墩等村子,这些没有公社色彩的村名,是可贵的历史遗存。

其实南汇这个地方,从历史的维度来看,是非常非常年轻的。1726年才建县,距今不到三百年,只比美国的历史早五十年。而其陆地大部浮出海面,也不到一千年的时间。

南汇最早的行政设置,是明政府为防倭寇所设之守御南汇嘴中后千户所,为金山卫所辖六个中后千户所之一。这个巨大的海防哨所,或者说一座迷你小城,1386年建于海滨南汇嘴,即今惠南镇,与滴水湖的南汇嘴公园非同一地理概念。

南汇城与嘉峪关几乎建于同期。那边是在沙漠边缘、长城尽头抵御频频进击的吐鲁番兵,这边是在东海之滨、苇荡之中抗击猖狂骚扰的东洋倭寇。大漠孤烟直,拔剑海茫茫,明朝这个辉煌而悲情的朝代,又如何能遗忘南汇边关人民的血泪和牺牲?

关于南汇千户所抗击倭寇的英勇历史,县志有不少

记载,取一则节录于此:

> 李府(? —1553)字一乐,本县所城(今惠南镇)人。明嘉靖中叶任守御南汇嘴中后千户所哨官。当时,倭寇屡犯东南沿海,抢劫财物,掳掠人口。1553年(明嘉靖三十二年)3月,倭寇入犯南汇,李府率次子李香及族丁张涓等30多人开城出击。李府身先士卒,勇猛战斗,力斩倭首,率领乡兵奋力冲杀,杀死倭兵40人,余寇大败而逃,李府挥兵乘胜追击至十里之外。数日后,倭寇重来南汇所寻衅。李府见攻城的敌兵不多,而自己的族丁士气极旺,于是又一次开城迎敌,李府连斩倭寇先锋2人,倭寇佯装狼狈逃窜。李府不知是计,挥兵紧追不舍,在离城较远的一片竹林处,中倭寇埋伏,壮烈殉职。遗体葬于南汇城东门外,后人立"忠勇祠"(已毁),以纪念李府的不朽功绩。

都说倭寇如何凶猛不可敌,但我们南汇人虽非戚家军,也打出了士气,打出了威风。

说起城墙,我看一些浦东的史料提到川沙县城内有一段明城墙,称浦东唯一,是川沙人的骄傲。而据我的记忆,我高中时代就读的南汇县中学,操场东侧有一段宽阔的高墙,足有七八米高,五米左右宽,其上草木杂生,偶有调皮的学生上去打闹追逐。据说这也是一段残存的明城墙。此段记忆得到我高中同学的确认。一位同学说,她初中的时候曾钻进城墙内的防空洞里玩耍,可以一直走到护城河。另一位说,她很小的时候,西门还有一段城墙,她从上面摔下来过。又有同学说,北门也曾经有过一段城墙呢。

如今的惠南镇,七百年古城风貌荡然无存。但南门、东门、北门、西门的地域概念依然存在,包括那个史志上有记载的十字街,仍然是惠南镇的地标之一。记得我读高中的20世纪80年代中后期,东门到十字街还是一丈宽的石板路,应是明朝的遗存。

1726年(清雍正四年),清政府从上海县划出长人乡,加上原来的盐场地区,建立新县,名南汇,原南汇城所

南汇老街一角

在地为县治,改名城厢镇。

当年的南汇城,东南西北四门——观海、迎勋、听潮、拱极,如今各有对应的道路存在,并被命名为小区、商场、中学等,使南汇县城至少听起来仍有一点点古雅的历史感。

从地理上来说,南汇,完全是长江和东海的馈赠。

据史籍记载,公元713年(唐开元元年),本县西端下沙周浦一线的古捍海塘重筑。1380年(明洪武十三年),本县海岸线中心部位延展至今大团镇一线。本乡黄路镇所在之钦公塘,建于1584年。据《黄路镇志》记载,黄路境域完全成陆,约在三百多年前。而黄路作为一个行政区划真正得名,还是在1959年建立黄路人民公社之后。就在黄路人民公社成立的一年前,南汇才从江苏省苏州专员公署划归上海市。

我想说的是,当松江府人文荟萃富甲一方,黄道婆纺织术"衣被天下"之时,南汇大部分地域还是蒹葭苍苍的荒野和滩涂,那里最快乐的居民,是东方白鹳、勺嘴鹬、丹顶鹤等数不清的候鸟。

南汇东海滩涂

本乡西北角之下沙镇,旧名鹤沙,至今仍有一村名鹤鸣。史籍载,鹤沙亦名鹤窠,所产鹤丹顶、绿足、龟趺。这里所谓龟趺,我的理解是脚背有龟纹。沈括《梦溪忘怀录·相鹤》载:"(鹤)惟华亭县鹤窠村所出者为得地,他处虽时有,皆凡俗也。"

我还是第一次听说,古代上海的仙鹤,乃国中最佳。

下沙之地名也道出了南汇的滥觞,下沙下沙,江沙南下之地也。南汇南汇,江沙南汇之地也。南汇历史上亦称南沙。

我知道南汇原来是鹤乡,是因我爷爷偶然说到,他小时经常可以看到鹤。而他发"鹤"这个音,是非常优雅的古音,令我印象深刻。

随着南汇海岸线不断东移,候鸟们也不断挪窝。在黄路以南约九里处,有一地名老鹳嘴。"鹳"字在南汇方言里的发音也很有趣,近于"刮"字。因我姑姑嫁于此地,我在儿童时代经常去老鹳嘴游玩。

南汇的历史就是这样简短而单纯。其间的风物人家,没有累世的恩怨传奇,也无可追千年的名胜古迹。南汇人更像拓荒者,筚路蓝缕,心无旁骛,向滩涂要粮食,向大海要鱼虾。穷苦人家还到海边"拾田"来种,就是那种刚刚洗脱了盐碱可以种庄稼的薄地。鸡鸣而出,戴月而归,甚至要住在望棚(看护庄稼的简易棚屋)里,这样的劳作是多么辛苦。但那是一片充满希望和生机的土地,其上的生民单纯、勤劳、乐观,历数百年,创造出一个淳美而富有诗意的滨海乡村。

依海而生

咸水河边人生恬淡

我爷爷一生的美食是肥肉。但他活到九十五岁高龄去世,从没胖过,也没什么心血管方面的毛病。

爷爷看上去有点仙风道骨,须发皆白,眉毛也是白的,长到遮住眼睛。晚年的他不爱动,老眯着眼。一天三顿都吃麦糊粥(将燕麦粉或大麦粉调水,再将粥煮沸后倒入调匀,就是清香扑鼻的麦糊粥了,它是南汇农家常吃的主食,夏日尤佳),几乎不需要菜,做一碗红烧肉——当然要肥的——可以吃上半月,真是成仙了。

所以爷爷大概是可以给肥肉正名的,另外也在一定程度上说明麦糊粥是农人的健康食品。

如果不是十多年前摔断了骨头,不得动弹竟至老死,爷爷大概现在还活着,因为他到死全身都没什么疾病。

出生于清光绪三十一年(1905 年)的爷爷,要是活到现在该有一百一十一岁了。

父亲说,爷爷一生虽然辛劳,但无病无灾,还得高寿,因为他心很善。这是做儿子的结论。

我爷爷是土生土长的南汇人。出生之时,属南汇县长人乡,所以我爷爷个子还蛮高的。

据我母亲从爷爷堂妹处的了解,本族能追溯到的祖宗,佚名,是一个穷人,无钱娶妻,"捡"了一个来乡间卖盐的女子配了对,生子沈丕显(我这个本家奶奶并不识字,她只能说是这个音,但不知道怎么写),由此繁衍开沈氏宗族,无名祖宗至我已是第七代。

说起我这个卖盐的女祖宗,要稍微讲一讲南汇的盐史。

南汇这个滨海之地,从南宋以来盛产优质海盐,官办下沙盐场延续数百年。从南宋、元至明上半叶,南汇除了农业就是盐业。听听南汇地区那些老地名,感受一下那段煮海熬波的历史:新场、盐仓、六灶、三灶、大团、咸塘港、运盐河……无不和盐业相关。甚至本乡黄路所在原来也是制盐团地(盐区),旧名二团。

元代陈椿《熬波图》记录了古时南汇制盐场景

晒盐需要引入海水,大规模制盐就要开辟大量通向大海的沟渠,称为灶港,盐业衰退后,它们又逐渐演变为淡水河。几百年的沟渠挖掘,形成了独一无二、密如蛛网的人工水系。南汇被称为水乡,应当之无愧。

前文说到我家后门的老港河,东西流向,达于滨海。联系南汇的盐业史,几乎可以肯定老港河是旧时盐业的遗迹。

话说南汇的盐业至清时转向没落,但官办机构撤离后,仍有小规模的私人制盐活动。我母亲记得解放初期尚有南四团的人晒盐卖盐为生。

所以我这个女祖宗家二百年前以在乡间贩卖食盐为生,倒是与历史吻合。

我家世代务农,并不曾做得地主。倒是我曾祖父和我爷爷为南汇有名的大地主潘家做过帮工,帮着收租、做杂工等。

至我爷爷这一代,出了件惊心动魄的事。要是搁在今天,定是轰动全国的话题新闻。不过我想在那个时代,也只是一桩清官难断的家务事罢了。

「养新妇」——童养媳

民国时期南汇盐业营业执照

话说我曾祖育有五男二女。其中老二在青年时代夭亡，老四阿莲从小送到我曾祖母的妹妹家抚养。不料这阿莲不学好，竟吸上了大烟。养母家虽是有田的富户，但也禁不起吸大烟这般败家。阿莲当时已结婚并生有一子，娘子不堪其扰，决意离了婚。

也不知道是养母家的请求，还是我曾祖愧对人家，决心把阿莲收归老家。但阿莲回家后仍不思悔改——其实那时无戒毒手段，想改也难——曾祖竟怒而将其关押在车棚(水车房)里，拴在一个石磨上，不给饮食。不过数日，阿莲就被关煞(囚禁至死)了。

我想阿莲一定死得很凄惨，想想曾祖也是相当的残酷。但在那个家法至上又贫寒多子的时代，曾祖的做法可能是维持家庭生计和家族脸面的唯一选择。也许阿莲在车棚里哭喊的时候，曾祖正心如刀割。

曾祖父在家族生存大计上遵循现实的优胜劣汰法则。据说我爷爷年轻时并不上进，抽水烟(不是大烟)，好逸恶劳。所以沈家拿了我奶奶的八字，初时并不考虑给长子(即我爷爷)娶妻，而是准备许配给小名"阿二"的老二的。不料阿二死了,我奶奶转而被许给了我爷爷。还好我爷爷婚后痛改前非——也可能我奶奶有"成风化人"的非凡魅力——竟开始全力经营自己的小家了。

爷爷年轻时,家里田亩并不足以养家糊口,遂学了木工。此后一辈子做木匠,晚辈称其木匠爷叔。

爷爷最可以夸耀的"事业成就",就是参与了当年远东第一高楼——上海国际饭店的建设,他是工人中的木工。

不过参与造这二十四层的高楼,差点让他丢了性命。爷爷说,他当时一失足从脚手架上掉下来,幸亏反应快,两条胳膊左右搂住两根毛竹,捡回一条命。

解放前爷爷去上海做工,清晨拿个饭团就出发了。黄路到人民广场直线距离约四十公里,他走路总要五十公里。爷爷走路非常快,一个小时走六公里没问题,但算上吃饭休息,到住宿地总要天黑了。今日我看到微信朋友圈里有人一天走上三万步,已是不得了了。我算了算,爷爷去上海,一天走下来总要七万步。

经常要走远路的辛苦劳作让爷爷养成了快走的习

惯。他走路时身体是向前倾的,像比赛一样。父亲说,他年轻时跟着爷爷去港东等地做活,一路上经常得小跑几步才能跟上。

不过爷爷这个木工,并不擅长做考究的家具,以至于父亲年轻时学木匠,经常去其他师傅那里偷关子(偷师学艺)。爷爷不是没有擅长的活,但一般人不需要——他精于做横料,也叫寿材,好吧,就是做棺材。

爷爷另一个擅长的活计是打船,就是造木船。我感觉这个比做棺材技术含量要高多了。父亲说,他曾和爷爷还有其他几个师傅一起,帮某个生产大队打过一条七十担(能装七十担货)的船。

"农业合作化"以后,爷爷曾经参加大队里组建的修建队,到市区帮中小学修课桌凳子。那个年代,爷爷为了省钱,一块乳腐要下两顿饭。

爷爷做木匠,在大上海也算走南闯北,在宅上是有眼界的人。与乡邻闲聊时不免要渲染他的外乡所闻,经常讲得乡邻惊讶得合不拢嘴。但久而久之,阿书(乡人对我爷爷的称呼)的外乡故事的信誉度就不那么高了。

〔小末事〕——小丫头(贬义)

记得少年时代也曾听爷爷讲故事,印象最深的是他自称遭遇僵尸的恐怖经历。

那天爷爷不知是在踏车(踩水车)还是在田间干活,反正四下无人,一派安宁。他抬头突然看到远远有个人在走,看姿势像是个僵尸!但爷爷居然壮了胆要上去看个究竟,走着走着,僵尸不见了。

鉴于爷爷故事的信誉度,僵尸见闻要打个大大的问号。不过偏远乡村里的僵尸传说,并非仅仅出自我爷爷。我父亲转述了乡人倪来根的经历。有一天倪来根在踏车(踩水车经常是半夜就开始了),月升之时,他远远看到有个僵尸面东而立,合掌拜月("僵尸拜月"是本乡的传说),可以看清是个女的,身体靠着一口草席棺材(旧时的露天棺材,其上盖一层厚厚稻草,可令尸体长久不腐)。倪来根吓得灵魂出窍,抱了车杭(水车上用来扶的横挡),拔足跑了。

一定要说吹牛,此人分明比我爷爷会吹牛多了。画面真切,还有抱了车杭夺路而逃的细节,简直是蒲松龄再世。

我爷爷奶奶育有四子三女,不幸幼子年轻时即夭亡,大儿子和大女儿也早于他们离世。爷爷八十多岁还和奶奶一起耕耘几分自留地,一生辛劳清苦,也颇多伤心时刻。

爷爷虽不拜佛,但颇有佛性。比如他不爱吃葱、韭、蒜这样的"荤物",也不吃黑鱼、鳗鱼、甲鱼这类"奇形怪状"又有腥气的食物,抑或他觉得这样的生物是有灵性的。

我小时候和爷爷一起走路,亲见他看到路上有散落的石块,必俯身将之丢到路边,那是他怕路人伤了脚或骑车人摔一跤。

母亲说,爷爷看到路边有木桩凸起,会拿榔头把它敲下去,小路上有缺(沟),他会运土填平。父亲回忆,爷爷见到路上有碎玻璃,捡起来还要揣在口袋里带回家,放到不会伤人的角落。

爷爷有菩萨般怜悯的心。对那些荒年上门来讨饭的外乡人,自家再拮据,也要舀上一碗米。

在我的记忆里,爷爷从来不说一句脏话,这是非同寻常的。因为本乡人讲话,特别是男将(汉子),不带点脏话口头禅,简直就不会说话了。

曾祖生下第一个儿子——我爷爷时,对他寄予迫切而远大的希望,取名沈书生。但爷爷终究是没有条件读书的。"耕读传家久,诗书继世长",是大多数南汇贫苦农人不可企及的梦想。

爷爷大字不识几个,却有如此善心佛性,倒是比多少读书人要斯文了。这是家风乡风的熏染,也是他对勤劳和善良坚定的信仰。

我大约四五岁的时候,爷爷带我去黄家路（本地人对黄路镇的俗称）看汽车。我指着一辆小卡车说:"大大（爷爷）,叭叭呜（汽车）两只眼睛大来!"

这段稚语,爷爷微笑着说了一辈子。

生命如稻麦

爷爷活了九十五岁,奶奶更厉害,活到九十八岁。

像爷爷一样,奶奶也是跌断了脚(腿),躺在床上老死了。其实奶奶并无严重的毛病,有点头晕,有点吭(哮喘)。所以我也相信,如果不是骨折,奶奶一定能活到一百多岁。

奶奶一辈子没出过南汇县。那些"一生必须去的五十个地方",奶奶自然一个也没去过。不过她也不会遗憾,她哪里也不爱去。我曾经提出带她去上海城看看,她笑起来,连连摆手。

晚年的她眼睛花了,耳朵聋了——不过这是她九十岁以后的事,八十多岁的奶奶还在帮一个做刺绣活的孙女穿针线呢——这样她就越来越孤独了。记忆中奶奶最后的形象,是瘦小的她坐在她那间矮平房的门口,用一个小小的笰(一种小型编织工具)和一把小梭子,慢慢地,一根线一根线地编织带。这种有菱形花纹、约一指宽的彩带,以前的用途是作为地方服饰中围巾的系带。围巾由土布裁成,系于腰间,有大围巾与小围巾之分。大的可至膝盖,小的类似一块一尺见方的擦手巾。乡下妇女劳动、做饭时都会系围巾,有的妇女白天时时刻刻都系着围巾。有意思的是,我的爷爷是"穿裙子"的,这种裙子其实就是一种特大号的围巾,环绕整个下半身,称为作裙。爷爷生前经常系着它,干农活、木工活不会脏了裤子。不过20世纪60年代以后出生的本乡人,就极少有系围巾的了,更不用说作裙了。

奶奶一天接一天地编织带,一边编一边很艺术性地将它绕成一个圆柱形。每到一定长度就截断,做成一个团,每个团总要三四米长吧,以奶奶的速度,真不知道耗费了多少时间。每个孙女要出嫁的时候,奶奶就送上一团。在她眼里,这个时代好像从来没有变化过,她的织带,这么漂亮,这么结实,生活中总会用得到。记得奶奶送给过我两团织带,其中一次是在我结婚前,郑重其事地

「娘子」—老婆

奶奶编织带用的筘

放到她孙媳妇手里。奶奶知道我们在上海生活，大概是用不到的，但这是奶奶唯一能给予的礼物，她是一定要给的，而在我眼里，这也是最珍贵的。

奶奶娘家在我家以西五六里路的地方。兄弟姐妹很多，有五姐妹两兄弟。如今全都过世了，个个活到八十九十。

20世纪20年代的南汇，是封闭而保守的，所以奶奶也是缠小脚的。但奶奶的脚不是三寸金莲，母亲说她是拦展脚（音），我实在想象不出那几个字怎么写，母亲也讲不出。所谓拦展脚，我的理解就是三寸金莲的半成品。母亲说，奶奶六七岁开始缠小脚时，表示又痛又热睡不着觉，然后不知是她自己偷偷松了绑带，还是父母放宽了要求，反正奶奶的脚最后比三寸金莲大一点，比"天足"小一点。今日想起来，和奶奶一起洗脚时，她的脚趾都是向脚心弯折的。所以我从来没看到奶奶跑过，甚至快走都没有。

我是奶奶最疼爱的孙子，而奶奶是我幼年最亲爱的家人。

我记得在我十岁左右的时候，奶奶还会捧着我的脸亲吻我的额头,她实在是太喜爱我了。和姐姐妹妹聊起奶奶,她们一致说奶奶特别地偏心于我。冬日里大家在东壁脚孵日旺(晒太阳),而我在睡懒觉,奶奶就捧早饭给我吃。这些事居然被我这个没良心的忘记了,那时一定是心安理得的吧。

我幼年没有上过幼儿园,如果有啥遗憾,也就是少吃了点饼干,不过幸而有妹妹分享几块给我这个失学儿童。至于我不上幼儿园的原因,据姐姐说是进幼儿园当天我坐在操场上哭,园长说今天先回去吧,然后我就再也不去了。所以幼年时候,除了跟着我父亲去挖大治河、去看民兵训练,更多的时候是做奶奶的小尾巴。记忆中,很多很多时候,我坐在一只小板凳上,托着腮帮子听奶奶和邻里白话(闲聊),闲话要讲很久很久。奶奶逢人就夸我很乖很安静,而我那时的心思一定不知飞到哪里去了。

儿童时代,我经常和奶奶一起睡的。奶奶笑着说,我睡觉像爷爷一样,脚(腿)是弓起来的。

冬天,和小伙伴一起捕躲在屋檐下的麻雀,或是看露天电影,这些晚归的乐子结束后,我必是要找奶奶睡觉的。月光之下，轻轻推开虚掩的门，奶奶就拉亮了灯。她知道我要来，是不会睡着的，棉衣也不脱，就半躺在被窝里等我。然后奶奶移动原来放在我腰部位置的脚炉（一种带盖的炭炉），挪到我的脚正好能碰到的地方。等我脱完衣服钻进去，她一定会到床边把我脖子两侧的被子掖得紧紧的，好像一丝风都不许透进去，然后再自己睡去。那种颤抖着身子钻进无比温暖被窝的幸福滋味，实在是任何电热毯、空调、地暖都不能比拟的。

我奶奶的这个光可鉴人的大号黄铜脚炉，好像是她的嫁妆，更是我大冬天的幸福源泉。冬日里，奶奶总是用花萁柴（棉花的秸秆）和炭火把这个脚炉调得暖暖的。我在外面玩了雪，玩了冰，闯进奶奶的屋里，把冻僵的小手搁在打着好多好多孔的炉面上，奶奶就会用她皱而温暖的大手包住我的小手，这样过不了一会儿，手就暖暖的了。

小时候的另一种幸福，是跟着爷爷奶奶去吃酒水（酒席）。爷爷奶奶有很多很多小辈、亲戚，大多数酒水没我父母的份，但我这个爷爷奶奶唯一的孙子，是名正言顺的

"特邀嘉宾"。在那个食物匮乏的年代,吃酒水自然是很诱惑人的,但我也为此付出了很多脚力。跟着两个老人穿村过巷,走过一个又一个田埂、一座又一座小桥。

只要奶奶做了什么好吃的菜,比如她拿手的精肉蛋饺或者油角块(油豆腐)嵌肉,奶奶一定要请我来和他们老两口共享,一筷子一筷子地往我碗里夹。

等我慢慢长大,大概初中以后,奶奶邀我去吃饭,我有时就推托了。我似乎觉得和爷爷奶奶吃饭有点不自然了,可能觉得老人烧的菜不合口味了,或者觉得和老人家没那么多话了。当我执意要回去和父母姐妹吃饭的时候,奶奶很无奈、很不解地拉着我的手看着我,嘴里不停地说,哪能的啦? 哪能的啦?

如今我回想这些往事,为自己的少不更事而内疚。但我知道无论怎样,奶奶对我的爱、我对奶奶的爱,都不会减少一丝一毫。

我考上大学,奶奶自然是极骄傲的。而每当我隔一个月甚至几个月回家,第一件事就是去看我的老奶奶。听我大喊一声"阿奶",奶奶抬头看到是我,脸上的笑容再也不会停下来。奶奶让我坐上她最好的竹椅,拉着我的手,笑眯眯地看着我,摸摸我的牛仔裤,不禁哑然失笑,问,这样的裤子穿着舒服吗?掀起我的裤脚,看里面竟然没穿棉毛裤,一迭连声说,要冷的吧!要冷的吧!

她经常看着我说,月明头发黑来,兴(浓密)来。那是老人家对我的健康状况表示满意。

或是没来由地,突然笑眯眯地说,哪能想得着出个大学生的!大学生到底是怎样的,奶奶是不知道的,但奶奶知道大学生相当于秀才了,再也不用受种田的苦了,"书包翻身"了,她老人家当然是无限欣慰的。

及至我读了研究生再工作,奶奶已经快九十岁了。我每次回家,总是要塞几百块钱到她手里,她其实不花钱了,但孙子孝敬她,她总是高兴的,一遍遍念叨我怎么这么好,有良心来。她会握着我的手指,另一只手轻轻拍着我的手背,很认真地仰头问我,工作忙吗?然后又自言自语,要写字呃,苦恼呃!

那些时候,奶奶耳朵越来越聋了,头发也稀疏了很多,精神状态已大不如前了。我和奶奶说话要凑在她耳旁大声说。一直听不清,她就不问了,就坐在那里看着我,笑眯眯的。

我此生的一大遗憾,是没有让奶奶看到她的曾孙。种种的原因,我迟迟没有要孩子。奶奶一定是着急的,在她单纯的人生观里,人在世上,就像麦子稻子、春风夏雨,都是按时而作的。我三十多岁不生孩子,她自然是难以理解了。她自己一生生育了四男三女,生孩子哪有那么难?我想她担心的,不是沈家能不能传宗接代,而是我没有自己的儿子会不快乐。但她从来不会催促我,总觉得我是有什么特别的原因的吧。有一次奶奶突然对我说,你们不养小孩,要去医院看看吗?我知道她是认真的,她是在努力地为我着想。曾经在一个外甥的婚礼上,一位堂姐告诉我,看着别人家一个接一个地生男孩,奶奶有时会说,月明哪能还不养呢?团团(男孩)要被人家养光了。

奶奶的焦虑我只是浅浅地感觉到。因为父母莫名地放纵,我似乎从来没有要生育下一代的压力,也不会去考虑,在城里人眼里习以为常的晚婚晚育甚至不婚不育,奶奶如何能想象。

　　甚至在奶奶九十多岁高龄的时候，我居然还同意去美国工作。初时约定两年，我总觉得奶奶可以长命百岁的，能等到我回来。

　　但工作期限意外延长了一年。正是在这最后一年的某一天，噩耗传来，奶奶去世了！而我只能在异国他乡，在电话另一端泪水长流。

　　奶奶临终前从来没有提出要月明回来。我知道她心里怎么想的，她一个老人，死又不是大不了的事，不要影响了月明的工作。而我当然也知道，她的内心，一定也盼望能最后再看一眼她亲爱的孙子！

　　每每想到这些，我是有点恨我的父母的，在奶奶垂危的时候也瞒着我。而我当然更恨我自己，墨守只能探亲一次的不成文规定，顺从父母的劝阻，没有参加奶奶的葬礼。

　　我其实理解我的父母为何如此"麻木不仁"。对一个农村家庭来说，一份"国家单位"的工作几乎是神圣的，是家庭的根基和希望。所以一切都可以为此让路，至于老人的死，那是自然规律，大可不必在意。

但他们如何能想到这个世上并没有圣殿,真正的圣殿,是亲情,是心灵。当我在大城市或焦躁不平,或得意忘形,那是忘记了来时的路,忘记了奶奶目光里的叮咛。

我有时又安慰自己,奶奶大概是没有强烈的遗憾的。她一生都那么平和淡然,无欲无求。除了善恶有报,奶奶并无宗教的信仰,但她对于死却毫无恐惧。在晚年,她头晕眼花,有时还喘得厉害,感到痛苦的时候,她甚至会说,哪能还不死呢?有一次她患了严重感冒,喘不过气来,她就准备归去了,静静地躺在床上。但老天爷还是没收她。

有时想,关于人生的真谛,还是我这个一辈子生活在乡村的奶奶最明白。

奶奶生前一直说一句话,囝(小孩)是活宝。姐姐说,奶奶一生最重要的事就是给孩子们做饭吃,所以她做饭要比干农活积极很多。看到我母亲东忙西忙,却迟迟不给三个下课回家的孩子做午饭吃,她会觉得不可思议甚至气愤不已。

奶奶是不识字的,她也没有兴趣去探索这个世界。她像我爷爷一样,是不说粗话的,也不会哈哈大笑,她就这样安安静静地，顺天应命地活着。她的眼里只有自己的几个孩子，还有她数不清的第三代、第四代。她不管你工作好不好，职位高不高，她关心的是你辛苦不辛苦，开心不开心。

在我奶奶去世后两年，整整比她小了一百岁的曾孙出生了。我一直有一个心愿，让孩子去他曾祖的墓地看一看。但父母总是阻拦，因为按乡下的习俗，幼童是不适合去墓园的。

但这个愿望萦绕不去。我一定要带孩子去我奶奶安息的地方，拜谒那个曾经对他期待了太久太久的曾祖母。我希望我内心的歉疚能有所解脱，更希望天堂里的奶奶从此了无牵挂。

2016年3月31日，我带上儿子，在妹妹、妹夫的陪同下一起来到爷爷奶奶的墓地。六岁的儿子用南汇话对相片上那个陌生的老人说："太太，我来看侬啦！"

苏松遗风

母 亲 的 谚 语 和 哲 学

母亲虽然只上到小学三年级,但似乎每一个字都没浪费,至今仍约莫能看懂报纸。但她的智慧和知识并非来自书本或电视,而是来自家传和乡间的文化传承。她以非凡的记忆力和领悟力系统地吸收,并能灵活地运用在生活中。

她自然是做不得啥大事的,她也不期待我做什么大事。当年她满心希望我考个中专,谋个国家单位的小职员或大企业的技术工人工作。不料我考得太高,进了县重点高中,她只得调整期待的方向。等到我的职业和向往超出她理解的范畴,她就给我灌输她的"普世哲学":朝里无人莫做官,钞票够用就好了,公家的钱不好拿(贪)的……

而母亲自己,自有她的生活哲学和人生智慧。在有越来越多欺诈和陷阱的农村社会,她大致能安然而游刃有余地生活,以致我对她的关心总是缺失的。

有一次母亲说起父亲的一桩糗事,乐得哈哈笑。

那日一外地男子来到我家,问附近有无房屋出租。父亲说他二哥家正好是有的。然后此人给了父亲两百元押金,又说他要去吃喜酒,需几张整钱,拿出一堆零钱来要与父亲换。父亲是很愿意帮人的,摸给他四张百元大钞。此男旋即说有急事要走,不需要租房了,也不吃喜酒了,还了四张整钱,抓了桌上的零钱跨上摩托车走了。父亲心起疑惑,一看那四张百元钞里果然没有了他那一张新版大钞,待要追时,那人已不见了踪影。

母亲听了过程细节,笑其糊涂而无警惕性。

母亲的一大爱好是到镇上卖菜,她无须以此为生计,但在越来越冷清孤寂的乡村,这是她与人交往和收获劳动成果的重要方式。而我只能一遍遍叮嘱她适可而止,权当锻炼身体。

她不无骄傲地说,多少年了,她卖菜只收过一张二十块的假钞。任何陌生人拿一百块、五十块的大钞要买她两斤菜啥的,她是坚决不做这个生意的,因为直觉告诉她不正常。

但她并不是个真正的生意人。镇上有个老先生,每过一段时间就会到我母亲摊位上买了螺蛳放生。有一次他钱带得少了,老先生要回去拿。母亲说,你做好事,我也要做好事,你都拿去就是了!

农村里也有花样百出的理财产品营销。母亲是不相信的,她只相信定期储蓄。有位亲戚买了中晋公司的理财产品,几次好意鼓动母亲也参与。母亲婉拒了,她的托词是:"隔桥过水的,不便当。"待到骗子公司东窗事发,母亲和我说,她看了亲戚的合同,更加确定她是不会买的,只有几张纸,几个章,怎么好相信?对她来说,靠谱的储蓄必然是要有个写着国家银行名号的本本的。

说句题外话,如今针对农民的各种诈骗和传销活动是非常猖獗的。城里人毕竟消息灵通,传销、电信诈骗的"生意"越来越难做了,但农村人还是相对单纯,也有胆小怕事或求富心切的心理,以致屡屡有人上当。比如我一个远房亲戚被电信诈骗骗了二十多万,有个邻村的长辈,竟然连续被电话骗了三次,每次都有六七千元。几个亲戚去江西参加实为传销的空调安装生意,最后两手空空回乡。家里有人也曾接到此类"生意"的邀请,母亲听后明确反对。她的理由很简单,你们这点脑子的人都能随随便便发财,那岂不是人人都能发财了?

所以母亲一辈子也没上啥大当。我总结她的斗争经验,主要是她的心里没有一个"贪"字,另外就是不信鬼不信邪,不信"老鸭棚里爬出曲鳝来"("曲鳝"即蚯蚓)。实战经验就是她常挂在嘴边的那句话"老鬼不脱手,脱手勿老鬼"("老鬼"即精明的意思)。

识穿骗子靠的是母亲的直觉。其实她的过人之处是她的记忆力和知识面。关于传统农业的一切技能,南汇乡村的各种典故、俗语、节俗、礼仪,母亲都是烂熟于心且能脱口而出的。而这样的本领,并非每一个农人都能掌握。经常有人会来向母亲讨要种子或苗,因为她种的菜,总是比别人家好一些。至于对民谚俗语的学习和吸收,实际上是母亲对知识和文化传统的个人追求。

春雨惊春清谷天,

夏满芒夏暑相连。

秋处露秋寒霜降,

冬雪雪冬小大寒。

　　二十四节气歌,自然是母亲的看家本领。而她又说节气一般是"上半年八廿三,下半年七廿一"。就是说,上半年的节气往往在阴历的初八或二十三,下半年多是阴历的初七或二十一,这倒是较少听到的说法。

　　其实老一辈南汇人的人生都是循着阴历走的。比如母亲记得所有近亲的生日,但都是阴历。讲起我的生日,永远是三月初五。而年龄是按着虚岁来算的。有时她会说,伲月明也多少多少岁了。年岁渐长后听她讲的数字心里总咯噔一下,明明没那么大嘛。

　　对农民来说,天气是最最要紧的事。南汇历代农人对当地天气规律的观察是相当深入的,并有系统的总结。丰富的天气谚语,是真正的民间智慧的结晶。只是如今有了更科学的天气预报,天气谚语在乡间几乎无人提及了。但回过来看这些谚语,言辞优美,描写生动,朗朗上口,令人称绝。

母亲能说很多天气谚语,而这应该归功于我的外公。我外公在解放前置有二十三亩田,算得上富农,所以在农忙季节是要雇人播种或收割的。作为有相当多田产的人,对天气的把握是格外用心的。母亲说,每次一船人出发要去田头,外公总是一大早先看好天气,再决定是否要叮嘱大家带上油衣(雨衣)。

我外公是个善良的有产人士。外公家门外场地上有很大的一垛花萁柴。在无柴可烧的时节,外公就一堆一堆地分给周遭的穷苦人,并不认真记账。荒拆三春(春节过后青黄不接的时节),常有人家向外公赊粮食,外公在力所能及的情况下总是给的。虽然也记笔账,但他是不去讨的。因为外公是这样一个好心的人,所以解放后在划分阶级成分时,乡邻都记着他的好,只给他评了个上中农。而按他的田数,可以划到富农了。

即便如此,外公至死是不满"土改"的。"要不是没了田,小妹可嫁更好的人家。"这是外公说母亲的话。这也是实情,前文讲过,我父亲一家四兄弟三姐妹,家境是不能和母亲比的。这实在是一个悖论,一定程度上我同情外公的遭遇,但反过来说,如果没有"土改",似乎就没有我了。不过,历史是不以个人来定义的。

我总结母亲的天气谚语,最集中的是关于雨水和干旱,而这两样,恰恰也是庄稼生与死的根本。

需要指明的是,母亲的谚语,按照南汇方言来念,句句都是押韵的。

乌云见日头,半夜雨稠稠。

本是阴天,傍晚时太阳突然在云中时隐时现,那么晚上就要下雨了。

日枷风,夜枷雨。枷里无星就落雨。

"枷"是南汇乡人对日晕、月晕的俗称。看见日晕意味着要起风,月晕就是要下雨,而月晕之中看不到星星,那雨马上就会落下来了。

落雨落只钉,落死落煞落勿停。

落雨落个泡,落过就好报（走）。

雨滴打在地上溅起个小柱子,这雨是要下很长一阵子的。而落在地上后溅起一个水泡,那就是阵雨了。

日打洞,水拱拱（漫水状）。

这是说太阳落山时掉进天边厚厚的乌云里,晚上就要下雨了。

西南转北,粗绳绊屋。

西南风突然转了北风,那就是大风要来了,要用粗绳拴住草屋。

「后日底」——后天

端午落雨还好熬，端六落雨烂穿瓦。

端午当天下雨不打紧，如果端午后一天下雨，那就要绵绵不停了。

青光白光（乡音中实非"光"字，很难描述，此句中指横条状的云），晒煞老蚌。

天空中出现一大片整齐排列的青色或白色的条状云朵，预示着接下来好一阵子将是艳阳高照。

西南西（闪电），晒煞老田鸡。

西南天有闪电，第二天恐怕是晴热天气。

八月田鸡老先生，叫一声落一场。

农历八月，青蛙应该不叫了，叫就意味着要下雨。

　　九月田鸡叫，犁头朝上抄。

　农历九月青蛙叫是不祥之兆，预示干旱可能发生。

　关于耕种的谚语有趣又生动，其中是南汇农人的经验和智慧。

　　麦秀寒，冻煞窠里囝。

　麦子抽穗时的寒潮，是极冷的。

　　麦秀风来掼，稻秀雨绵绵。

　麦子抽穗时风吹得麦子直摇晃，水稻抽穗时下起绵绵不绝的雨，这都是好收成的标志。

　　六月勿热，五谷不结（没收成）。
　　六月里晒得黑，十二月里有得吃。

这两句都是说,农历六月天热光照多,那么秋天的收成会很好,一直到腊月里都不愁吃了。

麦黄过顶桥。

比喻麦子的成熟是一瞬间的事,短到只有走过一座桥的时间。

大麦起兹(音,虚词)**身,小麦落脱魂。**

大麦收了,再收小麦是很快的事了,所以小麦吓得魂也没了。

小满,寒豆(蚕豆)**饱满。**

母亲的谚语中,对天文现象也有一定的描述,特别是关于银河。母亲说,以前夏日的夜空银河是很亮的,现在不太能看见了。

七月七,河到娘家去。

农历七月七日以后,天上银河就看不到了。

七十二只梭子星,河东一只最聪明。

排成梭形的星座有七十二颗星,而银河东边的一颗
是最大最亮的。

扇子扇风凉,扇夏不扇冬。
若要问我借,要过八月中。

此句讲的是,在南汇这个地方,过了中秋,就真正开
始凉了。

关于人生和世事,乡人有不少精辟的总结,这些富有
哲学意味的经验通常以谚语的形式流传下来。

> 先看头，慢看脚，身上衣衫随便着（音 za，穿）。

即便是按旧时的标准，头脸打理得精神也是第一位的。而身上的衣服可相对随意些。

> 做人难做中伊人（音，指中年人），做天难做四月天，秧要日头花要雨。

这是对人到中年艰难处境的描述，上有老下有小，还经常要受"夹板气"，就像四月的老天一样为难：在那个季节，稻秧需要阳光以生根发芽，而棉花苗却需要雨水的滋润。

> 千穿万穿马屁不穿。

母亲并不是说人要拍马屁，但她用这句老话说明，人其实都是喜欢被表扬的。

南京到北京，叔叔伯伯不停。

这句话的意思是，一个人只要热情主动，礼数周到，人家就会乐意帮你，再远的路也可以到达目的地。

叫人不折本，舌头打个滚。

这句话与上一句意思相近，都是说做人的礼数，要讲礼貌和礼节。这些做人的道理，母亲一直是反复灌输给身边人的。母亲的人缘是极好的，老老小小都喜欢和她交往，而我是自愧不如的，在与人交往方面，我未得母亲之精髓。有些东西，无法遗传，似乎也是学不来的。

姐姐说，阿妈一直讲的一句话难道你忘了吗？"拨（给）人吃么传香，自家吃么填坑。"是啊，这才是母亲做人做事最可贵之处。她在菜场卖菜，卖剩下的绝不带回去，全都分送给摆摊的外地人。那些租住在宅上的外地人，经常获赠母亲种的各样蔬菜，得她的种种帮助。母亲也时常不无得意地说，镇上人都对她很客气，她不在的时候小菜摊有人帮着看,买鱼买肉都给她挑好的。当她想让我带哪样蔬果回家而她那里恰巧没有时,她就会说,过一歇(过一会儿)去问谁谁家要。这样的快乐和自信,是她乐善好施的回报。

这些年来,我听了太多太多小家庭和长辈之间的冷战或热战。我在美国的时候,经常在一个叫"文学城"的华人留学生论坛上看人生百态。其中有很多帖子是媳妇哭诉自从家里来了公公婆婆,或者仅仅是婆婆一个人,家就不像个家了!关于长辈和小家庭之间关系的处理,我觉得母亲讲的"六字真经"是非常有价值的,那就是"若要好,老做小"。

什么意思呢?很简单,和子女一起生活,老年人要记得一个原则,那就是要尊重子女的意见,不倚老卖老,极端点说,就是和孙辈一起乖乖听话,如此家里就太平了。这句话在当下更有现实意义,因为现在的年轻人在生活、育儿、健康等方面,知识面和科学素养往往是超过长辈的,长辈们需要认识到自己的不足,在小孩要不要多穿衣服、吃饭要不要喂等方面,多听听小辈的意见和道理。

这方面母亲贯彻得非常坚决。她从不和儿媳妇争执,基本儿媳妇说什么她都说好。这么多年下来,婆媳未红过一次脸。我想这也是她的聪明之处、明白之处,虽然有一点点不讲原则的意思,但家庭之中又有多少大是大非的事呢?

母亲对传统文化的学习和理解的一大成果,是她的心中并无执念。

她对于财富、对于享乐,没有无节制的追求。什么出国游,哪怕是北京游,她都是嫌麻烦的。任何高级的、先进的、精彩的、美妙的东西,都不能动摇她自己源自内心的判断力。

母亲曾因疑似红斑狼疮而到医院治疗,我为她找了上海这个领域差不多最好的医生。医生开出的方子就是他们医院独门的激素控量疗法。但母亲当时已年近七旬,身体似乎受不了这激素药的刺激,肚子里翻江倒海,夜不能寐,食不下咽。我同意她停一阵子药,但告诉她这个病其实是非常严重的,必须坚持正规疗法。母亲身体好转后又坚持服了一阵子药,我想她这么做主要是想对我的努力有个交代。然而药物反应依然剧烈，于是母亲明确和我讲，她决定放弃治疗了，该怎样就怎样吧，要不然她很可能死在这药的副作用上了。

停吃所有药物后，她很快吃得下了，睡得着了，又以她乐观的态度似乎忘记自己还有过病了。她每天晚上八九点钟睡，早上凌晨三四点钟就起床了。只要睁开眼睛，她就开始不停地忙碌，脏活累活、刮风下雨、酷热严寒，完全不能阻挡她的脚步和小三轮车。在我眼里，她是世界上最充实的人，也是最勤劳的人。她几乎没有时间发愁或做无谓的空想，她的人生就是行动行动行动。

写此文时我回想母亲说过的乡谚俗语，让我印象最深的一句是："啥好吃？饿好吃。"

在我个人看来，这就像爱因斯坦以一个极简单的公式回答了能量守恒的终极问题。这句话本身其实很有些哲学的况味。

而我童年时对这句话体会尤深。放学回家，饿得要命，从锅里盛了剩饭，加点凉水，就着桌上的几块咸白菜，一大碗茶淘饭几分钟就下肚了。要是当时还翻得出几块带冻儿的鱼或肉,那简直是人间至味了。

　　但等到你长大,回想这句话,似乎又像在说世间并无荣华富贵的标尺,也无幸福的刻度。人生的幸福,只在于你某时某刻的愿望得到满足,感到快乐。

雨落转去慢慢能

曾听著名足球评论员娄一晨讲一件趣事：他和妻子在挪威旅游，有两个中国女孩忍不住追上来问，你们说的是上海话吧？哦，果然不是韩语！而我听到的说法是，因为南汇话有很多浊音，所以它听起来像日语。

事实上，即便是上海人，特别是"60前"的上海市区人，我相信他们听宁波话也会比听南汇话轻松些。

上海市区人占据着经济文化的优势地位，市区上海话自然也是上海话的"标准"。不过有意思的是，据我的观察，只有南汇话和崇明话是市区人开玩笑的对象。我想可能是因为地域的偏远和交通的阻隔，让南汇话和崇明话保持了原汁原味的乡音。松江、青浦、嘉定、宝山等是文化、商业发达，交通辐辏之地，"土味儿"不足，而金山、奉贤对市区人来说，心目中的距离又更远一些。

　　我觉得南汇话的与众不同,可能还来自南汇人口构成的独特性。南汇是一个依靠盐业发展起来的海滨"新大陆",据专家考证,古代盐业生产条件十分艰苦,早期的盐民主要有三类:一是从西部邻近地区招募来的劳工,二是为躲避战乱迁徙来的难民,三是由官府发配到此的流民和罪犯。元明时期,南汇盐业生产进入高峰,与盐业相关的人员大量迁入,并定居下来,成为新南汇人。如此看来,南汇的人口史还挺像澳大利亚的呢。

　　所以南汇话虽属吴语系,但由于人口构成较松江、青浦、嘉定、宝山等更为复杂,语音也就更多变化,更难懂了。

　　如果取笑崇明话"蟹"是一个梗,那么取笑南汇话就会说:"风(hong)大(du)来邪(xia)啦!"和一些市区中年人聊天时,讲起我是南汇本地人,经常有人冒出这句"南汇话",有的人还会加一句"格边边(这边),伊边边(那边)"。大部分人这么说的时候没有恶意,可能是想接近你。他们的发音虽然夸张,但还是标准的。可是南汇人好像从来不说这句话啊!南汇人要说风大,一般就简单地说"风邪大"。虽然我觉得南汇话可能是世界上语气助词最多的方言,但在表达风大的时候,真的就这么简单。

说到"风"(hong),还得说南汇话里的这个音是相当有古风的,用在古诗里,一些原来以普通话念不合韵的格律诗,立时完美了。如唐人崔护的《题都城南庄》:

> 去年今日此门中,
> 人面桃花相映红。
> 人面不知何处去,
> 桃花依旧笑春风。

中(zhong)、红(hong)、风(hong),都是东韵。

通常来说,"伲"是标志性的浦东本地人自称,是"我们"的意思。报纸电台写农村报道,标题里总要用个"伲"字。但其实稍早一点的南汇人是不称"伲"的,至少我爷爷说的是"实伲"。说"我",就是"实我";说"他",就是"实伊"。"实"貌似是个无意义的助词,但我听爷爷这么说的时候,可以感觉到一种语言的韵味和质感。从父亲这一辈开始,"实我""实伲""实伊"就极少讲了。

南汇话是很"啰唆"的方言。我觉得这其中包含的语言学问题尚未得到科学的归纳和总结。任何一句话,我们不加上一两个甚至三四个语气助词,就感觉说得不痛快,或者表达不到位。而这些几乎无规律可循的语气助词,让南汇话成为一门几乎学不会的方言。

比如说"这个女孩真漂亮",在南汇话里是"迭个姑娘邪趣呃嘛","呃嘛"后面还可以加个"嘎"音。再狠点,可以说成:"邪趣呃嘛嘎索加里!"如果觉得还不足以表达惊叹,那就在句首再加个语气词"阿妈"(娘哎),还可以扩充为"阿妈娘啊",那么"这个女孩真漂亮"的顶级南汇话版本就是"阿妈娘啊迭个姑娘邪趣呃嘛嘎索加里"。

所以南汇话听起来真的很乡土,特别是那些夸张的语气助词。然而就是这些看似繁冗无意义的助词,让我觉得南汇话俏皮可爱,充满乡间的泥土气息,又有人间的和谐与温馨。而不同语气助词对语意的微妙改变,恐怕只有南汇人自己能体会了。

一方面是语气助词的繁复,另一方面是丰富的词汇和极强的表现力。我认为南汇话是一种发展得非常成熟的方

「捉花」——采棉花

言,虽然较少高雅文艺的表达,但在生活劳动中极其好用。

南汇话成熟的一个表现是虚词的灵活运用,简直到了出神入化的程度。比如"邪"(xia)这个副词,一般意义相当于"很"。但它可以很灵活地被用作形容词,表示厉害、了不得。比如你看到一个人捕了很多鱼,可以直接说"邪呃嘛"。一个人描述另一个人力气很大,你表示认可并惊讶,只需附和两个字"邪呃"。再如"咋"这个词:"咋?"(怎么啦/干什么?)"咋啦嘎?"(干什么啦?)"拉咋?"(在干什么?)"咋去?"(到哪里去?)"咋呃?"(做什么用的?)另外"能"这个虚词也很有意思,加在形容词后,类似"地",如"笃笃能""慢慢能""好好能""安安能"。南汇人说"雨落转去慢慢能",就是说:下雨了,回家走路慢一点。

南汇话在词序上可以非常自由地转换,创造出别致的表达形式。比如动词后置:"眼泪出"(哭)、"雨落"(下雨)、"水没"(被水淹)。还有一种是代词后置,如"拨只鸡伊"(给他只鸡),"送把伞侬"(送你把伞)。

关于南汇话的精细,最突出的表现是动词。比如骂人,可以说"诨""参""呱""反",三墩、大团地区还会说

"闹",对应不同对象不同程度的"骂"。"50 前"的南汇人是不用"骂"这个字的,但现在很普遍了。人体的每一个细微动作,南汇话几乎都有对应的动词。比如,人脸部朝前碰一下,谓之"冲";额头先磕上,就是"碰",而不是"冲"了;掐那么一小下,摘那么一点点,南汇话有个专门的词,音近"滴"。"滴人"是南汇女人惯用的体罚手段,疼而不伤。

有些在市区话里发音一致的词,在南汇话里是有明确区别的。这可能是让市区人抓狂的另一个特别之处。比如"笔"≠"壁","立"≠"粒","齐"≠"旗","精"≠"经","哭"≠"壳","客"≠"掐","磕"≠"刻",等等。

南汇话这么土,但在我看来,又是那么雅。有些表达丰富情感的词,我在"标准上海话"里找不到对应。这是岁月的积淀,也是人际关系紧密的农耕社会的烙印。

比如上了年纪的人会说"常着牵记侬","牵记"就是牵挂想念的意思。而"常着忱侬",就是说老是惦记你。表达的是真挚而含蓄的情感。

南汇话情绪的表达经常是温和的,似乎总在考虑倾

听者的感受。为了不让人担心，老人会把生点小病说成
"有眼吽趣"。对疯疯癫癫、不正经的人，会笑他"勿做派
呃"，如果这人说话还带点"色"，我们不说他"黄"，而是说
他"白"，比如"老白呃""只白早死"。南汇话描述人丑有
个专门的字即"泡"，但一般老人不大会直接这般品评人，
会说"个姑娘勿趣（漂亮）透呃"，这么说无疑是丑了。

而我奶奶的语言是我觉得最优雅的南汇话，她说话
不会有太多的语气词，总是适可而止。而她说的一些词，
就像田野里曾经生长过的丹顶鹤，消失了。

我记得奶奶说回家，不是说"回来"，而是说"居来"。
"哪能还勿能居来"就是怎么还没回家。我以前的印象
中，奶奶的不少词汇其实和非常书面的古汉语接近，当时
还觉得挺惊讶，可惜大多记不得了。比如偷鸡摸狗或者
男盗女娼的事，奶奶就说他们"犯条款"。吴语是不大说
"喝"这个词的，但我奶奶会说"喝（音近'哈'）口茶"。我奶
奶说的茶，不是茶，而是白开水，这也是非常特别的。当她
说外面很嘈杂的时候，就说"嗦来"（音）。她说男孩是"团
团"，女孩是"女囡"。说猫的时候，声调居然是阳平，有点

往上扬的,很好听,可以感觉到一种对动物的友爱。

翻阅南汇方志可以发现,目前对南汇话的研究虽然已有一些语言学上的阐述,但对它独特表现力的分析和描述仍显不够,对独有词汇的收集更只是一鳞半爪。这一点上,我非常钦敬一位崇明前辈——顾此彼先生,他潜心十余年成《崇明话大全》。有此贤德之士,实乃地方大幸。前几年听到上海有搞"方言实录",要求被采集人满足年龄六十五岁以上、没有读过书、基本不出门等条件,以求其原生态。我不知道他们对南汇方言的记录是怎样进行的。我觉得应该和被采集人相处一个月以上,而且要在不同的生活劳作场合,男女也要分别采录,如此才能一窥南汇话的精华,但这似乎是"过分"的要求了。

但多姿多彩的南汇话在真真切切地消失。

南汇这个行政区划本身就于 2009 年消失在与浦东新区合并的时代潮流里。而方言的稀释和改变甚至比地域的融合快得多。特别是随着城乡边界的日益模糊,人员流动的极度频繁,加上电视、广播、互联网的渗入,原汁原味的南汇话,已经越来越难听到了。连我七十多岁的老母,现在讲话也经常夹杂一些时髦的词汇,比如"一般性""了不起""豪华""可爱"啥的。那些"90后"们更是与时俱进了,"实我"是不可能讲了,现在连"㑚"都不大有人讲,而讲"阿拉"的人越来越多了。至于那些古雅生僻的词,在他们嘴里通通消失了,代之以标准上海话或普通话的南汇音版。如果听两个九十岁的老人用南汇话聊天是一种享受,那么听两个"90后"的年轻人用南汇话聊天,会让人哭笑不得。

不过近些年社交网络的发展带来一个意想不到的新现象。一些南汇年轻人制作了很多南汇话版的"汤姆猫"段子或"元首的愤怒"等配音,凭借南汇话独有的"土味儿"和夸张的语感,在网上大受欢迎。这其实是年轻一代南汇人内心对故乡文化的眷恋和守望。对任何一个特定地域的人群来说,乡音包含了不可替代的人文积淀、乡土风物和情感依托。

而我本人又是另一种样本。四十年前我奶奶带我的时候,我讲的应该是最标准的南汇话,甚至可能有点我奶奶的古音。因为这扎实的"功底",即便到县城读高中,我的南汇话还是标准的。但在市区读大学，不到一年，我就全盘变为"标准上海话"了。虽然哪怕很多年后，仍有正宗的市区上海人能听出我的口音。

有意思的是，几乎所有从郊区来的女生都能很快讲一口标准的市区上海话，而我们男生则进度不一。有一个川沙来的男生，因为内心对市区人的距离感甚至某种莫名其妙的"歧视"，直到毕业讲的仍是一口两不像的上海话。

而我一直觉得我像一条耐旱的鱼，一旦被扔回南汇的水里，又游出最自然的姿态。但我的南汇话能力终究还是退步了，南汇老同学笑话我说怎么家乡话也不会讲了，时不时冒出"上海闲话"。然而我又感觉我的上海话也退步了，就像青团里的糯米粉一样，搁一阵子就"回生"了。但我也越来越不刻意追求上海话的"标准"，怎样自然就怎样讲吧。

机巧谜语浅浅歌

和母亲聊乡下的俗语，她讲了几个地名谜语，我听了觉得很有趣。因为我难得回老家，让姐姐代为采访母亲，记录这些谜语。然后姐姐说，大姆妈（大伯母）很会讲这个。她自告奋勇帮我去采访，于是就有了本书的附录四。

以我目前看到的一些资料，南汇乡间的谚语、民间故事，包括哭嫁歌、哭丧歌等，都有一定的文献记载，但谜语和儿歌的记录则相对少很多。

而在旧日南汇乡村，唱山歌、猜谜谜子（谜语），是重要的风俗文化组成部分。

南汇的民间谜语与日常生活密切相关，机巧生动，趣味盎然，有些修辞水平之高令人惊叹。如"火油灯"一谜："一粒谷，溅么溅兹一家屋。"一个"溅"字何其简洁高妙！而"脚炉"一谜仿佛简笔画大师的作品："两只猁狲对面坐,吃红饭,拆黑污。"脚炉的把手恰如两只面对面的猴子尾巴合拢在一起。又如"螺蛳"一谜:"小小甏,小小盖,小小甏里有眼好小菜。"此谜交错押韵,简洁流畅。"马桶"一谜,用的是诙谐的拟人手法:"一个矮子,戴么戴兹三只戒指,侬要抽我裤子么,我要除脱侬帽子。""门闩"一谜亦得其妙:"日里备(音,指藏)啦,夜里弄(音,指伸)出来望啦。"

部分南汇谜语要有早年上海农村的生活经验作为参照,不然几乎不可能猜到。比如"铜"谜:"天上招招,地上拍拍,猜不着么叫我爸爸。"铜是一种拍打油菜籽使其脱壳的农具,用细木条拼成窄板,以销连接竹竿,拍打时在空中转动,以连续操作。谜面虽只十六字,其所指有极强的唯一性。但如果不知铜这个东西,肯定猜不到。又如"菠菜"一谜:"青嫩嫩,嫩嫩青,开花结果像腰菱。"只有见过菠菜籽长什么样,才能明白谜面的精巧。

本乡谜语还有一个特点就是浓浓的方言色彩,有些谜语不加注释旁人无从得解。如"松江"一谜:"七石缸里打油。"七石缸是一种容量很大的缸,在这样巨大的油缸

铜与油菜

里拿油吊子打油,会发出"嘭嘭"的声音,类似乡下摸鱼时拿木槌击水,这种往水里杵的动作称为"松"(音),而"江"与"缸"在南汇话中同音,于是谜底就是松江了。再如"蜘蛛"一谜:"东一沓,西一沓,当中坐只花背蟹。"沓,音 da,意为量词"条"。蟹,土音 ha,与 da 合韵。懂南汇方言,方才觉得这是一个浅白有趣的好谜。

说起儿歌,有意思的是,本乡无论大人唱的民谣还是小孩唱的童谣,都称为"山歌",然而南汇并无山,不知此称谓何来。而今乡土文化工作者将上海郊区的"山歌"改称为"田山歌",算是折中之举。我能想到的一种可能是,上海历史上本与苏浙的部分山区同属一地,如吴郡,而一郡之内皆称民谣为"山歌"是可以理解的。

母亲说,她年轻的时候,很多乡人都会唱山歌,包括情歌、游乐歌、劳作歌等多种。夜深人静的时候,踏车人唱的山歌三里外都听得到。母亲曾是青年突击队队员,二十多个青年男女在劳作间歇,经常三五成群坐在田埂上唱山歌。由于太久时间不唱,很多山歌她只能唱几句了,比如《十二月长工》就唱不齐了。母亲笑着说,山歌现在唱出来人家会讲"神经"的。我没有请求母亲唱山歌,我只是隐隐地伤感,拙朴天真的山歌何以竟变得古怪而可笑了?有人说学音乐的孩子不会变坏,我想唱山歌的人应该也不会太坏。把那些苦恼的、多情的、谐谑的山歌在田野上旁若无人地高唱出来,这样的人的内心是纯净而无邪的吧。

　　而今山歌中保存得比较好的是童谣。无论是凭借哄婴儿入睡,还是伴童稚嬉戏,童谣都更容易被传唱相习。我们小的时候,经常和几个年龄相仿的堂姐一起玩耍,而她们喜欢唱儿歌逗我的妹妹。因为妹妹小时候头发有点黄,她们就唱:

　　　　黄头毛,偷饭瓜,

　　　　偷兹饭瓜朝外跑,

　　　　被只黄狗参(音,指撞)一跤。

　　　　我去回头(告状)阿妈(妈妈)去,

　　　　侬只小末事(小丫头,骂人话)么是勿好。

我妹妹排行第三,大家叫她三三、三妹、阿三、三姑

娘,如此不免又要遭这首儿歌的调侃:

> 小三子,推车子,推到老鹳嘴("嘴"音同"子"),
>
> 拾着粒西瓜子,
>
> 吃么吃兹一肚子,拆么拆兹一裤子,
>
> 到柴浜间(芦苇丛)里换裤子,
>
> 拔来(被)柴浜姑娘擂浪(语气助词)一篙子。

也是靠姐姐从大姆妈和小姐(我的二堂姐)那里的收集,才有了附录中的一些上海郊区童谣。有些流传较广,有些则仅限于南汇甚至更狭小的区域。

相比南汇谜语精致考究的修辞,南汇童谣非常浅白,有时甚至有些无厘头,但这正是儿歌的可爱之处吧。

遥想百年前的南汇农村,午后的阳光洒满田间,妇女们边摘棉花边唱着婉转的情歌,不远处的村子里,儿童两两坐在门槛上唱《月月亮》。这是乡村岁月的风雅时刻。

过门新妇老面皮

母亲反复对我说:"结婚迭桩事体,话路(内涵、说法)多了,几天几夜也讲不完。"

我听我母亲的讲述,感慨南汇地方的婚俗,有其合理且不失风雅的一面。有时想,我们有梁山伯祝英台的悲剧,同样也有举案齐眉白头偕老的佳话。以本乡婚俗而言,如果父母对女儿足够负责,并能适当尊重女儿的意见,那么大致可保证她有一个可托付的婚姻。而事实上,面对不负责任的父母,即使在今天,女儿的恋爱婚姻也往往坎坷。

传统婚姻难免有冷酷、反人性的一面。但就婚姻的基础而言,我觉得旧式婚姻有其天然的长处,那就是基本保证门当户对。而越来越多的现代人开始认识到这一点在婚姻中的重要意义。

另外，我观察到传统婚俗非常有价值的一个方面，那就是对有儿子的家庭的道德约束以及关于致富的激励。因为按照传统，女家接受婚约前会到男家宅上打戚（音，也称访戚、戚访，即托可靠的人打听男家情况），几乎相当于"政审"了。所以一户人家门风如何，田产如何，女家基本能掌握个八九不离十。

近二十年来离婚在南汇乡下早已不是新闻，每一个村子的离婚率都要远远高于父母一辈。这当然不能说明现代婚姻不如传统婚姻稳定，毕竟旧时离婚是不自由的，也被认为是不光彩的。但学习传统婚姻中敦厚美好的一面，对当下有启示意义。

传统婚姻的过程远远比今日来得复杂。所谓的"爱情长跑"在童养媳面前不值一提。我觉得传统婚姻庄重而繁复的仪式感，对新郎新娘会产生一种正向的心理暗示，那就是：婚姻大事，不可儿戏。

结婚首先得有媒人。媒人通常是村里通达人情、勤快热心的中老年妇女。真正的职业媒婆是很少的，只是有些妇女人脉广，又热衷于此，就成了资深媒人。

做媒人自然也是有好处的。来来去去，男家女家总有好饭好菜款待。母亲说，老话讲媒人要吃满男家十八只蹄子(大块的油炸扣肉)。夫妻美满，媒人自然得一份感恩。而自古媒人也有实际的好处，近些年"媒人钿"已颇可观，一次给一千八百块、两千八百块，甚至更多。

母亲说媒人也叫"大媒相"，男家女家见了她，总是客客气气的。但正所谓"媒人瞒人"——本乡"媒"与"瞒"同音——夸大瞒骗的也大有人在。俗语云："会做媒人两面瞒，勿会做媒人两面穿(穿帮)。"媒人也经常是有功利心的，比如一心想为亲戚家立功，或是资深媒婆急于在自己的姻缘簿上再添一笔。如此就容易不择手段。

媒人的手法之一是"移花接木"。旧时女家父母上门相亲，如男子身体、相貌不佳，有以兄弟冒充出场的。又或男子到女家相亲，本是个癞痢头，但媒婆出个主意，以墨汁涂头，黑夜前往，竟也混过了。

但自古弄虚作假都是有风险的。母亲讲了一则身边的事例：女子嫁到男家后，因不满媒人当初将男子讲得"花好稻好"，当面与媒人争执，一怒之下竟将其衣领扯下来。

当媒人觉得她认得的一男一女已长大成人，似可配成一对，就会择机向男家说起。男家一听感了兴趣，媒人就启动八字程序了。也有男家打探得哪个宅上有好人家，央了媒人去讨八字的。

当然自古都有男女私情，特别是解放后青年男女参加青年突击队、民兵训练等集体活动，自由恋爱频频发生，但彼时还不能光明正大地来往，于是双方家长接洽，请媒人来例行公事把传统婚配程序走一遭，这时的媒人叫"捉出媒人"。

媒人总有两个，男家一个女家一个，绝大部分时间是同来同往的，但初次拿八字时，可一人单身前来。

媒人的演讲是一定要仔细听的。有口碑的好人家，可能当时就出了八字。陌生人家的，要细细听媒人的介绍。回绝也是不稀奇的，比如男家在东海边，做母亲的可能就婉拒了。旧时南汇滨海地区俗称"柴荡"，生活普遍艰辛，很多父母是不肯将女儿东嫁的。

一般开明的人家，出不出八字，也会和女儿有个交流。当然父母做决定,那也没有问题。旧时女子出八字时,实足年龄恐怕仅十五六岁,甚至更小,难有自己的主见。

到我外婆一辈,八字也不是真的写上生辰日期了,只出一张红纸。八字虽只是女家释放出的一个"意向",碰到合适的人家,就"出出看么哉",但总还是慎重的。就像当今猎头定向招聘,你给不给人家简历,还是有一定态度在的。

旧时男家拿了八字,会请算命先生排八字,阴阳不合,命中克夫的,也就作罢了。要是八字合,便央媒人去"话八字",相当于提亲。

母亲说,话八字一般总要三四回,若是爽快答应了,将来岂不是被人看轻?借口多多,"伲囡还小哩","撒一撒么哉"(再等等看),"随随较"(不着急)。表面敷衍,女家私底下可是在积极行动的。

首先是央人打戚:人家好吗?志气(品行)好吗?囝囝头(男子)老实吗?也有女家父母亲会去男家村上看看宅貌如何,而责任心重或老练的父母,会提出到男家相亲,亲自看看男子待人如何、卖相(相貌)如何。当然这样的相亲,也只是媒人安排了不经意地拐(瞄)一眼,对一句。而我母亲说当年他们脸皮薄,嫁妹妹时只是到男家远远看一眼,看到有座东北桥(也可称青龙桥),还蛮满意的。

这么几个回合,媒人再来问时,女家肯就肯了,不肯就找个借口拒绝了。当然肯不肯父母一般也会征求女儿的意见,一旦答应了媒人,就是允嫁了,是很慎重的决定。

要是肯了,媒人会择日来举行一个小小的"签约仪式",俗称"受帖子"。当日媒人不吃早饭就出门,双双携四张大红帖子而来(其中两个帖子是一直随身带的,叫媒帖)。女家受了帖子,这桩婚事基本就成了。

因为受帖子是如此重要的一个节点,所以日子也是有讲究的,只在初二、初四、初六等双日,过了十六就得等下个月了。

到 20 世纪 80 年代中后期,八字的形式往往不再重要,媒人居间问了两家信息(态度),就好受帖子了。母亲曾经做过一桩媒,等隔天要受帖子了才想起八字还没出,于是我父亲当晚骑自行车紧急把八字送到男家。因为过了这个日子,再受帖子就要到下月了,而这女子当时是多家在争的,所以越早越好。

受帖子时男家是要准备礼物的,女家受礼,叫"得",礼物雅称"糕粉奶食钿"。

受了帖子,男家又得请媒人上门吃蹄子了,下一步是筹划让女方正式上门。

商讨过门的细节也叫"话过门",母亲说也叫"缘结"。媒人来话过门,女家是要留饭的。本乡招待媒人,河蚌和螺蛳这两道菜是不能有的。因为河蚌倒在一起哗哗响,螺蛳炒起来噼里啪啦,吃了夫妻俩要吵的。

媒人话过门也得择吉日,和话八字一样。这时女家仍可以再矜持一把,把过门的日子往后推一推。

等话好过门的良辰吉日,男家会请一个小规模的过门酒。因为过门并非大礼,通常准新娘坐一顶蓝布轿就来了。

以前穷苦人家无钱备礼并置办酒席,大多不搞过门这套仪式。如果不搞过门仪式,男女平时就不能来往,直到洞房花烛夜才得见面。

喝了过门酒，女子就是过门新妇了，也叫"通脚新妇"，算自己人了。男家重要的节日和祭祀仪式，都会请过门新妇来吃饭。通常清明、七月半、十月灶、年夜香、周年(直系长辈的周年忌日)，新妇都是要上门的。这样一顿顿来吃饭，也要付出代价。乡谚云："黄狼皮野猫(豹猫)皮，过门新妇老面皮。"那是取笑的意思。

母亲说旧时女子保守，过门都是不过夜的。我小舅这一辈也还恪守旧制。

说起农村女子的保守，我想起似乎与之完全相反的一幕。约在1980年前，本乡部分中老年妇女有夏日裸身的习俗，上身完全一丝不挂，不过也仅限于屋前屋后小范围的活动，但其与左邻右舍都能坦然相对，无半分尴尬。如此豪放天然的做派快赶上非洲土著了。此一风俗的来源我无从考证，但从一个侧面显示了老一辈乡人内心的纯净和人际关系的亲密。但随着社会不断开放，此一风俗反而消失了。

到20世纪80年代后期，过门后男女到彼此家留宿开始司空见惯了。那时男女能否自持就很难保证了。

　　男子过门后每年要往女家送礼,俗称"盘礼"。如果过门在上半年,要送"端午盘",下半年则送"年夜盘"。盘礼都是用扁担挑了去,不外乎烟酒鱼肉之类,而端午盘一定是要有黄鱼的。盘礼要分送丈人丈母、爷爷奶奶。印象中,我的姐夫妹夫还来我家送过年夜盘,也是挑了来。

　　旧时女孩过门时年龄还很小,这样过门来去也有数年之久的。不过一般总在一年左右就结婚了。

　　约定结婚日子即"话好日",这也是媒人的使命。媒人领命到女家商定好日子,也要在吉日前往。因为结婚毕竟是最重要的事,话好日一般提前半年就开始,且要在七月半前达成一致。若未话停当,七月半之后最后一次话好日的机会是重阳节。

　　话好日旧时还有些话路。除了托媒人来说,准女婿也可以择机表达委婉的请求,比如对女家父母说:"雪花飘飘,天冷难熬。"那是恳求早日把姑娘嫁来暖被窝。

　　话好日总也要两三遍。媒人啥时机来也须仔细拿捏。来得不是时候,疙瘩(规矩多)的女家是要捉诘(责怪)

的。话早了,说:"倷(你们)晓得伲办勿起嫁妆,老早来催陪嫁!"话迟了,说:"哪晓得伲吭啥啥?看勿起伲伐!"

女家允了婚期,又有一个受帖子的仪式。受了帖子,男家先要"行小盘",即由媒人送钞票到女家,与新娘子做新衣裳。结婚前一个月左右要"行大盘",即再送钞票或金银首饰。

家乡的婚礼,一般在冬天,比如年后。一是正值农闲时节,二是食物不易腐坏。还有个说法,结婚时女家要"种起花来,牵起纱来,织起布来",所以总得年后了。

乡下结婚,实在是一桩极热闹的事。

大婚隔日,女家要"打铺盖",就是整理嫁妆,也是很隆重的。宅上的人都来围观,多少条缎被,多少个箱橱,乡邻都是要点数的。所谓铺盖,就是一整套的床上用品,用羊毛毯把被褥、被子、枕头包扎成一个巨大的包裹,一般是成双的一对。母亲说旧时包铺盖是用深色条纹的三十六尺长尺纱(土布),包好后打两个八字结,母亲至今还会打这个寓意吉祥的结。这铺盖里还要塞进红枣、长生果(花生)、铜钱(后来是硬币了)等吉利的物什。等铺盖到

打铺盖

了男家，这其中的"珍宝"会在铺床时被孩童哄抢一空。

打铺盖一般由新娘子的伯伯与姆妈或叔叔与娘娘来主理，而这对夫妻是要儿女成双的，头胎生儿子的最佳。

嫁妆多少自然是随各家财力。有对橱对箱，有一橱一箱。马桶、脚桶、面盆、提桶、脚炉、手炉等，可多可少，称五圆件、六圆件、八圆件。本乡老布（土布）也是必备的嫁妆，地主人家，可以给到一百匹。被轿（把缎被在凳子上叠成高高的一摞并牢牢地绑起来）的高低是衡量嫁妆丰盛程度的标准之一，有六条、八条、十条之分。

依稀记得小时候看过堂姐出嫁时打铺盖，主理者是我父母。客堂间里，昏黄的灯光下，父母站在凳上把大红大绿的铺盖扎起来，周围堆满各式各样簇新的嫁妆，乡邻们围拢着指指点点，说说笑笑。那是很热闹、很喜庆、很温馨的乡村乐事。

男家来娶亲，早先当然是抬轿子来，也有吹打的队伍。我外婆就是坐轿子来的，娶亲的人还要举花旗彩牌。南汇是水乡，女子随船到夫家也很常见，船又称"有尾巴的轿子"——因为通常摇橹而来。我母亲就是坐船来的。

而我宅上的阿宝奶奶（仅比我母亲略年长）是坐着轿子来的，她是宅上最后一个坐轿子的新娘。

我还记得娶亲的船靠在仓库场（生产队的仓库和打谷场）河岸边的场景，但不记得是宅上娶了谁家的新妇，还是嫁了谁家的女儿。

约到20世纪80年代中后期，开始出现轿车娶亲。那是第一代的桑塔纳汽车，还得到上海去租。我至今还记得本家的一个娘娘，嫁到东南的宅上。因是我母亲做的媒，我也跟着去吃酒。窄窄的钢渣路上，一辆稀罕的小汽车驶过。那时候都还不知道汽车也是可以打扮的，大概在当时，小汽车本身就是光彩照人的吧。

迎亲拿嫁妆时，按本乡婚俗，到男家吃酒的年轻人都要集体出动的。一是帮忙搬嫁妆，二也是壮个声势。

发嫁妆、拿嫁妆都是有话路的。迎亲队伍要有"请妆盘"，须有烟酒、大青鱼、雄鸡、猪后腿、肋条等八样礼物。到女家后，男家队伍先放高升（炮仗），然后到客堂门口，由代表（大多由娘舅出面）授予女家媒人一包钞票或香烟、毛巾，分给厨房间的师傅，称"开销钿"。

搬嫁妆

然后女家再放高升,开始发嫁妆。通常是新娘的阿哥或大兄弟领头发嫁妆,口中叫道:"一眼眼破家什倷拿兹去!"而男家人接嫁妆须一只脚跨在门槛里,一只脚跨在门槛外,不能两只脚都跨进门槛里。

旧时迎亲队伍或挑或扛或拎或抱地拿了嫁妆出门,要朝东南方向走,兜一个"青龙路",以图吉利。会来事的男家人,还要装出嫁妆特别沉重的样子。后来风俗慢慢淡化,出门就朝前走了,但断不可往后走的。

新娘子出门总是磨磨蹭蹭的。旧时还有修面的嬷嬷,上轿前把新娘细细地打扮一番。我小时也跟着去婆过几次亲,对新娘子无底线的拖延觉得气恼和不可理喻,直到最后磨光了耐心也没了精神头。

新娘临上轿,旧时母亲是要哭嫁的,女儿来事的也会唱和。母亲说邻宅老福根的娘子颇会唱,歌云:"到门口公婆敬重点,人家二十四个烟囱大宅村,远望像个上海城,近望像个南汇城……"

本县书院乡妇女潘彩莲,是一位唱哭嫁歌的民间高人,能唱《谢爷》《谢娘》《谢大大》《谢嫂嫂》《谢媒人》等很

哭别娘家

多种。20世纪80年代初,上海民间文艺家协会、南汇县文化馆专程邀其演唱并录音整理,留存下一批珍贵的民间传统文化资料。

以下选摘《谢爷》(详见附录二)中的一节,谐趣生动,表现父女深情:

> 爷啦,
>
> 侬备么备兹一身汗,
>
> 拿到噶拉姓啥门中看勿中。
>
> 伲亲爷备兹头号蜡台银子样,
>
> 备兹六角田盂(陶瓷器皿,有盖)像呃甏。
>
> 伲亲爷备兹头号米箩要搭脚桶口。
>
> 侬备兹头号黄铜脚炉白铜攀,
>
> 还有三百有零梅花眼,
>
> 四百勿满胡椒眼。
>
> ......

至于轿子,有钱人家须是大红官轿或朱轿,穷人家就用蓝布轿应付下。乡谚戏曰:"蓝布轿,扛来扛去无人要。"

旧时讲究的人家迎亲有"早前亲""夜前亲"之分,这也是根据黄历来看的。早前亲,婆亲的男家人摸黑就出发了,如此吃酒也早。而夜前亲的新娘须隔天先到男家,第二天再开酒。

这酒水又是按各家财力而定了。好的酒水"十六碗盏四插角",那是极言酒水之丰盛,"四插角"即果盘。酒水好,本乡曰"扎著"(扎实、结实)。酒水再薄,"浦东老八样"总是有的。而请人的范围,也要视男家财力及对亲族的姿态而定。一般请到"表"的一辈,算是场面大了。

本乡人家请酒,在我看来最有意思也最具农耕社会特点的一项是全宅参与。乡下酒席旧时都是摆在客堂间和场地上,酒桌是一色的八仙方桌加四张长条凳。而所有的台子、凳子、碗筷、勺子,都是向邻居四处借来的。我们南汇乡下人家,家家都有八仙桌,有很多长凳,背面用毛笔写了名字。

借台子是宅上壮年男子的活。当你有能力把一个八仙桌翻起来扣在肩头,脚不抖,眉不皱,拔腿就走,那就证明你长大成人了。我当年也是扛过八仙桌的,但我只能走很短的路,且腿一直在抖。

每当结婚前日,村子里的小路上来来往往都是扛着八仙桌的人、举着长凳的人、拎着碗篮的人,如同蚂蚁搬家一般,是集体协作的盛况。

乡邻的妇女隔日就要来帮忙做圆子(汤圆)、做烘糕,或烧火、洗碗、端盘子。准备散席时送给客人们的回财(回礼,一般是一袋圆子或一袋烘糕等点心),也是女眷们的使命。

整个喜宴除了厨师是外面请的,其余活儿全由亲戚加上宅上人家相帮完成。一户人家的婚宴,就是宅上一次团结友爱的大派对,家家招之即来,全无报酬,但都开开心心。而这样的"志愿者",一做就是两三天。

而我们儿童只顾在屋内屋外奔走玩耍,觅各样美食,叫各种久违的亲戚。这些远客们,三五成群,找避风处、阳光处,往往是一个稻草垛下,漫无边际地"白话",互相递着烟,嗑着对日铃(葵花子),亲切而闲适。

我是很怀念旧时农家喜宴的酒水的。乡下的厨师,

做圆子

能在没有丰富调味品的时代,把各样普通的菜烧得喷香扑鼻,鲜美无比。比如我很爱吃的冷盆,其中的糖醋小排和白切猪肝、猪肚,都是一等一的新鲜香脆。而必须要有的三鲜汤,里面的肉皮、蛋块、走油肉,一口下去,满嘴鲜香。还有一道很见功力的炒三<u>丝</u>——茭白<u>丝</u>、笋<u>丝</u>、鸡<u>丝</u>,<u>丝丝</u>入味。

城里人说起乡下吃喜酒,总说要吃三天三夜,言其盛大。其实正式的酒水也只一顿,但说吃三天三夜也没错。

头一夜,男家是"待媒酒",女家是"待囡酒"。正日子中午办喜酒,晚上相帮的人、近亲属也要开几桌。最后一天是留宿的亲戚和相帮的人一起吃饭,而菜水(菜肴)经常是干净残菜的拼盘,所以并不浪费。

这乡间喜事真是三天三夜也说不完。但这其间并非都是欢声笑语。

婚姻主要由父母做主,总有悲情的故事。有的女子嫁到夫家终日闷闷不乐,也有刚强任性的女子意图赖婚、逃婚。有赖婚,就有抢亲,母亲说这样的婚姻陋习旧日并不鲜见。

　　我母亲的姨妈就是被抢亲抢去的。她当年与我外婆同是"摇袜姑娘"（这是解放前南汇年轻女子的一段辛酸史，说来话长），因为在城里做工，多少开了眼界，接受了新思想。虽然过了门，但眼看得男家人整日摆香坛神神道道，就动了赖婚的心思，请去吃饭也叫不动了。然后在某一个夜晚，男家请了一帮壮汉来，把我母亲那位姨妈抢去了。在男家关了整整一个月，硬配了夫妻。

　　一旦受了帖子，名义上女子就是男家人了。所以女子逃婚难以得到娘家公开的支持，有重信诺或死要面子的父母，甚至会配合夫家把女儿抢走。

　　多少被抢亲女子的哭喊声，我们是永远听不到了。最终的结局是被迫开始平凡的生活，而心中的隐痛可能终生无处疏解，又或渐渐烟消云散。

　　还有一种完全不能做主的婚姻就是童养媳，本乡叫"养（音同'央'）新妇"。其实童养媳的人生并非都是悲剧。童养媳制度是乡间贫农间的一种互助协定。比如一户人家养了好多儿子，恐怕将来不够钱讨媳妇，就向女儿多的人家讨来女孩从小养大，而女家自然也少一份负担。

　　我奶奶的一个兄弟娶的娘子就是童养媳。这位养新妇从小和我奶奶一起生活劳作,情同姐妹。而这个童养媳的婚姻后来被证明是美满的。

　　南汇农村毕竟有重男轻女的思想,今日已淡化很多。旧时女儿都是不留家的,连入赘的情况都不存在。本乡俗谚云"拨（音,即嫁）出囡女泼出水,送出夜客一勺水""芦粟多来不好打墙,囡女多来不好养啥爷姥娘",皆是此意。

　　虽然有被抢亲女子的呼号心碎,也有童养媳的心酸无奈,但大部分的乡村婚姻还是平淡而温和的。那时的妇女,对男人并无太多要求,只望他诚实勤劳,疼爱妻儿,一起过安心平静的日子。

　　而婚俗的改变几乎是一夜间的事。

　　至我母亲一代,婚姻程序已经大大简化了,男女也开始相亲了。话八字期间还会约会。母亲那个时代的男女到县城等地约会,雅称"挽花",上海城里叫"轧马路"。当然结婚的传统程序还是一道都不少的。

　　嫁妆的变化也很大,20世纪80年代渐渐有了自行车、录音机、电视机等"新式大件"。到现在,嫁妆的概念

新式嫁妆

很淡了,过了门小夫妻一起出钱出力把新房子装修布置好,与城市里一般无二。

结婚酒也一般不再在自家场地上操办,而是去县城里的酒店,或到"婚宴服务中心"。东家只管说好桌数,自备烟酒,其余皆不必操心。婚庆公司还可安排东北二人转、民歌独唱、魔术等娱乐项目为酒宴助兴。近年吃了很多这样的"外包式"酒水,虽也热闹甚至喧哗,但不知何故,菜水的味道终不如儿时鲜香可口了。

文章的最后,我想讲一讲我的相亲故事。

在时代的转折点上,我与她们相遇,又无声无息地告别。失去了文化根基的婚配,竟让人无从留恋。

20世纪90年代末,我工作的头一年,在短短一两个月的时间里,村里的热心妇女先后介绍了两个本乡女子。而我母亲,是很有兴趣的。我也并不反对,像我这样走出乡村的人,在大城市里很难遇见有相似经历的同乡女子,而媒人,为我们这些当时还非常少的农村大学生创造了相识的机会。

首先介绍的是一个邻村女子,在市区的一间大医院做医生。这个姑娘我其实认得,上学时经常从我家后门的小路上走过,戴着厚厚的眼镜,是周遭闻名的"学霸"。要说模样,不戴眼镜应可称漂亮。

但乡下相亲是相当让人尴尬的。我在媒人的陪同下,走了二三十分钟的路来到女家。记得那天好像是下午,我们两个人隔着两张宽大的八仙桌像谈判一样面对面坐着,也不太好意思盯着对方看,媒人、女方父母装作没事人一样在边上闲聊,然后悄悄地撤退,剩我们两个人有一搭没一搭地说话。两个受过大学高等教育的人,在传统婚俗的语境下几乎是语无伦次的。

那时还没有手机,要了她单位的电话。她很忙,联系了几次,终于约出来在陆家浜路上的一间茶楼喝茶。现在都忘了聊了些什么,反正并不热烈。只记得送她去公交车站的路上,听她讲今年以来她主治的病人已经死了十个了,心情不太好。我说病人死在医院太正常了,但她强调死得有点多了,总是有压力的。我当时想这个医生还蛮有责任心的。

然后,就没有然后了。母亲大概怕我伤心,择时轻描淡写地转述了媒人的话,说小姑娘没啥意见,小姑娘的娘不同意。其实母亲大概真的有点伤心，因为她没有很大的房子也没有能力帮我在市区买套房子以增强我的相亲实力。而我并不在意，虽是相亲，也是要看缘分的。这家人家把女儿培养得这么优秀，在乡下实属凤毛麟角，想找个更好的人家，也在情理之中。

话说眼镜姑娘没了音讯，又有媒人帮我物色了个医生，记得是某中心医院皮肤科的。那天好像是晚上，我在媒人陪同下到她在镇上的家里坐了坐。这家人家的特点是颇有财富。过程已无印象，似乎是第二天，在媒人的安排下我与她同坐公交车回市区。只记得这个姑娘皮肤很白，性格似乎比我还内向，一路交流也很少。

然后又没有然后了。而母亲的反思，在于他们父母做得不够出色，而她的儿子似乎总是可爱的。

不久前回家，偶然听母亲说起，那个见面在前的医生，在四十多岁时终于嫁了人。而那个皮肤科医生，后来嫁了个外国人。我觉得都很意外，在乡下女子中，哪怕是大学生，这都算是很不寻常的人生选择。

总之，祝她们幸福快乐吧。

怜爱不尽小浮尸

我的出生对我的家族来说堪称一桩盛事。因为我的大伯生了五个女儿,我的二伯未有生育,而我父母第一个孩子也是女孩。所以在我出生之前,我爷爷奶奶心头一定是荫翳笼罩的。长大后和奶奶聊天,回忆我的出生,奶奶总是乐得笑出声来。

大概已经不抱什么希望,我父母轻率地把我生在家里,迎接我来到春天的是一个出诊的乡卫生院赤脚医生。事实上我的同龄人中生在家里的情况很多,我们是最后一代"古法"接生的婴儿。

我的出生可能伴随着掌声,但在南汇的乡间,生一个孩子实在是太平常的事。就像我奶奶,一生养了七个孩子,幺儿不幸早逝。而我奶奶自己是七个兄弟姐妹,爷爷也是七个兄弟姐妹。不过我外公外婆只有三个孩子。这其中也有原因,外公外婆是头表的(土语,指血缘最近的)表兄妹,典型的近亲结婚。在我母亲以下,外婆生的好几个男孩都夭折了。生到我小舅,外公外婆都已人到中年。

南汇毕竟是鱼米之乡,气候物产可算养人,如此自由地生育,成活率又这么高,于是家家都有一大堆亲戚。别看我儿子才刚读小学,但论辈分,不出五年我必是曾祖辈了,而叫我大大的,少说有十几个。

当然这个高成活率只是就当时的时代而言。旧时儿童早夭在乡下并不鲜见。"早死"甚至是乡下指代男子最常用的词。"早死""小早死""老早死",这些词听起来如此恶毒,但我们讲对方"侬只早死"时,对方不但不生气,甚至还会笑,因为这个词的本义早已淡化,当面讲时甚至有一种亲切的意味。而妇女们骂起自己的孩子和男人来,也是"小早死""老早死"不绝于口,那也只是骂个"混账"的意思。不过如果"早死"用来指代第三方时,有时是带有贬义的,这全凭语气决定。

这里顺便讲讲家乡的骂人话,实在是非常特别。

经常挂嘴上的除了刚才说的"早死",还有"浮尸""牙草皮"两种。这两个词非常可怕,也有很强的地方特色和时代色彩。"浮尸"自然是因为本乡河道众多,溺水而死者常有,另外,一旦海塘决堤,海边人家便漂尸四野,这些都有史志的记载。

至于"牙草皮"听起来更毛骨悚然。据说旧时罪犯被杀头于市,头落地时嘴会拼命地啃草皮,骂人"牙草皮"即骂人"枪毙鬼"也。然而我们神奇的乡亲,愣是把这两个凶恶至极的骂人话像"早死"一样变成亲切无比的兄弟甚至亲人间的称呼。不过"浮尸"又有微妙的不同,它更多是男子间的招呼,且在任何时候都不含贬义。你们可能难以想象,我父亲对我的称呼就是"只浮尸""浮尸"。

其实今日只有我在追寻这些词的写法和含义,而我的父母以及乡亲们,根本不会去想这是什么字、怎么写。所谓名可名,非常名也。而我的南汇乡亲,把阴阳互生、否泰转圜耍到极致,是不是也是一种高超的生活哲学呢?

再说夭折的事。我甚至听说早年有的人家生了很多孩子,女孩又偏多,有寒天裸身致新生女婴死亡的惨剧。当然少年儿童的夭折更多是因为卫生水平低下以及贫穷。

比如我唯一的叔叔，居然在二十二岁死于甲亢这样听起来比感冒略坏的病，我相信放在今日他不应该死。而我爷爷奶奶当时也尽力给他治了，但也只能说是在当时的条件下尽力了。据说叔叔在生病的后期心脏也不好了，显得非常焦躁，成日骂骂咧咧的。他做的饭都是夹生的，到水桥（河岸通到水边的石阶）边淘米时会跑过头，掉进水里。吃东西吃得特别多，我爸妈曾经数过，香瓜（南瓜）菜饭的镬盖他一天掀了九次！我妈说，我奶奶做塌饼（一种以南瓜为主料的小馅饼），几个孙女还有我围着等吃，他就把我们推开："我还没吃呢，哪轮得到你们！"他去世的时候我全无印象，可能我只有三四岁。而我也不想去问他在世间的更多细节，除了无奈和悲伤还会有什么？

在那样的时代，哪怕像我这样"三房合一子"的婴儿出生，除了更多的疼爱，也无特别的优待。乡下婴儿除了母乳，旧时还用米粉加猪油调成一种辅食，给母亲奶水不足的婴儿吃。而至我这一代，商店有卖一种叫"奶糕"的婴儿食品，如方糖般一块块的，用开水冲调成糊糊，还是很香甜可口的。

当年虽然没有专门的摇篮或婴儿车,但我们乡下有一种特殊的童车,名曰"圈"。简单地说就是一个木制的带开口的笼子。圈非常适合农村的生活,只要把幼儿放在圈里,家长就可以脱手做其他事。

我们沈家祖传有一个六角的圈,把竹子烫热后弯折成一个多边形的圈沿。哪家生了孩子就拿去用,一直用到我的姐姐。而我用过的圈,名"牛头圈",是一个带轮子的木制长方形小车,幼儿在里面可坐可立,顶面带有一个可抽拉的"闸",坐下后卡到胸口,然后我就不会倒下去,但可以手舞足蹈,吃东西。这个圈是我父亲亲自做的,还刻了个五角星。父亲虽有木匠的技艺,但平日难得显露。我想他做这个圈时,一定是积极而快乐的。

母亲说,她每生一个孩子,外公就做一个草窠。草窠就是稻草编的草桶,冬天的时候把幼儿放在里面,不会冻着,也不会走丢。外公做的草窠底部还用竹子隔开放一个脚炉,这样再冷的天,草窠里一定是暖暖的。我现在想象我幼时在草窠里的样子,一定和一只雀跃的雏鸟无异,那是最真实的旧日乡村景象。

父亲做的"牛头圈"

因为婴儿出生着实不稀奇，所以普通农家并无特别的庆生仪式。有财力的人家，生了孩子会办一个庆生酒，称"兴十二朝"，类似北方的"十二晌""小满月"。

孩子生多了，妇女们也就不太当回事了。母亲说邻宅阿桂福的娘，生完孩子三天后就下地种花生去了。

生孩子还有一桩颇要紧的事就是起名。

名字可以由爷爷、爸爸起，也可以由本族长辈起。我的名字就是我大伯给我起的。"月明"这个名字，重名的很少，我所见过的屈指可数，这其中包括女子及和尚。我相信它是一个非常女性化的名字，因为淘宝店小二来电时十有八九会说："是沈小姐吗?"不过这个名字并非我伯父的发明，在南汇乡下，"月明"是一个较常见的男名。我不知道疼爱我的伯父在这个名字中寄托了怎样的祈愿，也许只是他在细细推敲时抬头看到窗外月华如水。

我感谢伯父为我起了一个如此富有诗意的名字，常令人想起"滟滟随波千万里，何处春江无月明""今夜月明人尽望，不知秋思落谁家"……

伯父还给我起了个绰号叫"老门槛"。我不知道伯父何以认为我是个古灵精怪的小孩,或者仅仅是表达他对我的疼爱。但这个绰号不胫而走,四十年后我冒昧打通一位知青大哥的电话,他脱口而出:"你是老门槛吧?"

整个 20 世纪的中国人名,值得民俗学家和社会学家深入研究。

我们家乡的人名,依我的观察,出生在 60 年代之前的人,名字或文气或土气。我想文气的名字应该是有知识的父母或者饱读诗书的乡绅起的,比如我奶奶的名字桂南就很文雅,而我宅上一个本家奶奶名金莲,就普通了。我家北去二十里有个大人物名张闻天,这也是一个文雅的名字。但本乡老人更多是乡土气息浓郁的名字。

最常见的是福、富、财、根、弟、伯、官等字,比如富根、连官、财伯等。

小时候农村家家户户都在墙上安一个固定频率的广播机,像电灯一样以拉线开关。我非常喜欢听一档叫"阿富根谈家常"的沪语节目,我并不在意阿富根讲了些什么,只是特别着迷于阿富根那种对乡下人像兄弟姐妹一样亲切而平和的声音。起这个栏目名的广播人绝对深谙上海郊区文化——富根,其代表性堪比上海城里人的"沪生"。至于女子名,阿富根的搭档"小妹"也是非常经典的,但"小妹"更多用来招呼比自己年纪小的女子,这其中只有亲切而无半点今日的轻浮。

旧日南汇女子名中用的较多的有莲、娟、凤、勤、仙等。因为农耕社会重男轻女的固有特点,叫引娣、来娣、跟娣的女子也非常多。

五六十年代,一些比较新式的人名用词开始引入,如英、华、爱等。再后来就是革命色彩浓厚的名字了,国啊,军啊,忠啊,卫啊,建啊。女子名字变化相对较小,但红、华等字大量使用。

与城市有所不同的是,乡下的"60后""70后"名字里经常有个"兵"字。说明乡下人还是实在,要"打倒美帝打倒苏修"就来当兵,这是难得的尚武精神。

但70年代的城镇家庭起的往往是一些中性的名字,比如杰、峰、伟或洁、青、芳等。

到80年代,农村也走向开放,取名越来越时尚和自由。天、佳、豪或菁、芸、婷等好听又好看的字颇受青睐,而单名也开始流行。

"90后"的名字就更加多样化和个性化了。总体来看，南汇取名潮流的更迭，较市区大致晚五年。

南汇人崇尚多子多福。所以在提倡计划生育的时候，大多生两个。当所有家庭都只能生一个时，那就面对现实，把所有的爱都给一个孩子，超生的情况是很少的。而"优生优育"的南汇新一代，名字里不再有一丝土气，双脚也不再踏进耕田一步。

随着时间的推移，南汇农人根深蒂固的重男轻女思想也逐渐消解了。以我母亲这样传统的南汇人为例，无论有一百个理由认为我最好生一个男孩，但我母亲在我孩子出生前一直说女囡好、女囡乖。我觉得她的愿望是真诚的，发自内心的。

所以，南汇关于生儿育女的所有传统，到今天已经天翻地覆了。

葬礼上的脱口秀

在我的印象中，南汇乡间的死要比生更隆重一些。生日并不是太受重视的一件事，除了六十大寿这样的日子。早年的乡下并没有每到生日庆祝一番的习俗，但逝者却在每年的忌日得到诚敬的纪念。

本乡的丧俗相较于婚俗变化不算特别大。近四十年，一些曾经在"破四旧"等运动中被禁止的习俗陆续重现。穿白衣、扎白布、唱哭（哭丧）是很早就恢复了的。这些年做道场也越来越流行，甚至变成丧礼的"标配"。我小时候的一个小伙伴，如今就以做道士为业，并且当上了道场活动的主持人，唤"作头"。

二十年前乡人过世，哪怕死在医院，家人都要把遗体还家，并留置三日，谓"做三朝"。若是午夜过后去世，则留置时间最长，称"长三朝"。如今很多人家住进了公寓楼,如此人去世后即直送太平间了。但有老宅的人家,至今仍有将遗体送回家的做法。

按照本乡风俗,旧日死者断气后,须在床边即刻烧一身衣裳,好在"上路"时穿。当日还要在客堂间再烧一床被褥。至第三日,要去田间烧木床、全身衣物、鞋袜、数床被褥及其他生活用品。落葬时,还要将死者的遗物——除了家属留存及不便焚烧的物品——悉数烧于坟地,连同其他纸扎、纸钱、锡箔等一应祭品。

乡人去世之后,家属便速报各方亲戚。遗体则被放置在客堂间架高的门板之上,以被单覆之。

当日晚些时候或次日一早,妇女们失魂落魄地赶来,未到门口便大放悲声,"阿哥啊""娘舅啊"喊着哭,能干的女眷进门即扶板唱着哭。最伤心的自然是女儿们了,扶着跪着,哭到声嘶力竭、肝肠寸断。此时必要在场的女眷们拼命拉住,劝其节哀。

对三十年前的南汇妇女来说,父母等至亲去世时必是要唱哭丧歌的。"亲人啊,侬哪能走来格能早啦!"然后细数父亲或母亲在世时的艰辛和慈爱,其声抑扬,其情悲戚,其词哀婉,时常哭着哭着,周边的女眷一边拉扯一边也跟着哭起来。

旧时唱哭丧歌不仅显示女子的能力,且至少在形式上显示她的悲痛程度,旁人都是看着的。所以我幼年参加丧礼,总有一种隐隐的紧张,就是担心到来的女眷哭不出,不会哭。本乡有"男怕做文章,女怕哭两声"的俗语,说明我的担心不是没有道理。

不过我过去不知道的是,有专家研究,南汇地区的哭嫁歌和哭丧歌是汉族地区保存最完整的婚丧仪式歌。南汇地区收集的哭丧歌,在 1983 年全国优秀民间文学作品评选中荣获二等奖,为汉族地区最高奖。早年南汇乡间有很多出色的唱哭歌手,其中竟然还有男的。据报道,南汇县祝桥镇老歌手苏炎奎,能唱数千行哭歌,曾获全国"山歌大王"称号。

有关资料记载了少女沈小妹的哭歌。沈小妹是个孤儿,舅舅去世,她去吊丧时竟遭舅妈冷待,由此哭出一曲百转千回的哭舅歌:

亲娘舅啦，

侬走兹迭条阎王路，

小小外甥今后哪得过？

我早晨开门咣没喂鸡食，

夜里关门咣没老鼠食。

我日里钻勒债堆里，

夜里销（音，意即胡乱地躺）勒乱柴里。

我出外么眼泪遮没仙人头（瞳孔），

居来眼泪压碎脚板头（脚背）。

侃娘舅勒拉（在）么哀留（怜惜）我咾顾惜我，

出只金手牵引我，

出只眼睛看重我，

白铜要比银看成，

黄铜要比金看成，

拿我外甥女么囡（女儿）看成。

奈朝后（以后）日子我好像沟里一棵浮萍草，

汆到东来无人撩，

汆到西来无处傍，

我好比新开笼里小鸭浪里飘。

……

潘彩莲老人唱的《哭娘》(详见本书附录三),具有极高的文学价值和抒情色彩,读来催人泪下,如以下一节:

> 亲娘啦,
> 花开花谢年年来,
> 哪得望伲亲娘来?
> 化脱滩洋(河滩)呒处寻,
> 要拿兹青铜镜子照亲娘,
> 转转思量欠兹娘。
>
> ……

按本乡风俗,人去世后当天有一个"着衣裳"的仪式。而着衣裳的时机也有讲究,要在涨潮时分,如此可助家人运势高涨。

年长的人寿衣都是生前准备好的。负责着衣裳的一般是死者的儿子,将死者的衣服从头到脚换过。而寿衣是要穿几套的,有五领、七领之分。这实在是个需要勇气的事,我爷爷的寿衣是我父亲为他穿的,隔着被单操作,非常吃力。

如今乡下"购买服务"相当发达,着衣裳可以请人代劳,一次四百元五百元不等。唱哭同样如此,本乡"60后"以下的妇女很少会唱哭了,但没有唱哭气氛终究不够哀伤,于是请人代哭在当下也有相当的市场。不过请人代哭自古即有。旧时地主人家女儿因较少有与劳动妇女交流唱哭技巧的机会,故也有请人代哭的做法。

本乡有习俗,人去世后在入葬前周围是不能脱开人的,需要守夜,也谓"望死尸"。据说旧时经常有死去的人复活的情况,所以望死尸也是守望复活的意思。

负责守夜的一般是死者的男性近亲属。我所见过的守夜场景是,夏天在遗体周边的空地上铺上几张席子,冬天就打开几捆稻草,铺上厚厚的一排,男子们坐在长凳或稻柴上聊天抽烟。所谈不外乎死者的生平,而去世时的细节是着重要讲述和议论的,然后是死者种种的出色、种种的欣慰和种种的遗憾。比如拉扯大几个孩子是多么的不容易,还好子女的几头事体(几件人生大事)都做好了,可惜还没享几天清福人就没了,等等。

守夜的现场,尽管灯光是昏暗的,但似乎并无恐怖的气氛,人们热烈地议论着,也有人围在一起打纸牌,后来更流行以搓麻将打发时间。实在困了,可以小睡片刻,但终夜总是有人醒着的。

所以传统丧事,死者在正式送葬之前是不会有片刻的孤独的。总有人在耳边议论着,时不时地响起哭声。而如果逝者得享高寿,耳边除了哭声,还经常是笑声。

如同婚礼,乡下的丧事也是一次宅上的集体行动,但主要是亲属们的事。比如在吊丧的人到来之前飞快地裁剪好白布条,准备好黑纱。来一个人,视其远近发一根或两根白布,一根就斜披,两根就将另一根扎于腰间。而直系的亲属是要穿白衣白鞋的,儿子戴孝帽,女儿以白布兜头,名"皓兜"。

以往乡邻和客姓的远亲都是一根布,如今一律发两根。而布的长短旧时也依亲疏远近分长短,从五尺半、六尺半、七尺半，到自己人八尺半，子女媳妇女婿九尺半。而现在除了子女、媳妇、女婿，余皆八尺半。

第三天的发丧日称为"排场"，算丧事的正日。丧家设豆腐宴招待各方前来吊唁的亲友。去丧家悼念吃丧宴又名"烧纸"，须出"烧纸钿"。现场有专人坐在一张八仙桌边负责收钱记账。母亲回忆，80年代烧纸只需八元十元，90年代宅上志龙去世，我家是客姓，烧纸钿是三十元。

我记得本宅每有丧事，收账的总是做生产队会计的朱小弟爷叔，戴着啤酒瓶底般的眼镜，但做账清清爽爽。

排场当日上午的程序是去火葬场。我记事时的交通工具是带车斗的所谓"中型拖拉机"，连同门板一起置死者于其上，四周或坐或立数十人，因为人多，也并不恐怖。

迎取骨灰后，须做满五个"七"再落葬，从"头七"做到"断七"，计四十九天。如果不是隔得太远，也有等到冬至落葬的。"五七"当天还要办酒水，也是相当隆重，远近亲属都要到场，朋友乡邻未邀请的可不必再来。现在有些人家做到第二十一天就下葬了，称"三七做五七"。

现今丧事都流行在"五七"日做道场。

做道场时会有"渡奈何桥"的仪式。八仙桌上以长凳和白布搭成桥形,另有纸扎的小桥。道士念经,家属在下面哭,助亡人渡过奈何桥。

说起奈何桥,母亲说乡下有狗牵亡人过奈何桥的传说。我外公的奶奶去世后,她养的一条狗也很快死在了屋外的墙角,外公说,这条狗是去牵主人过奈何桥了。

我爷爷过世后的道场我是见过的。法事做过,还有一段两名道士的逗趣表演,类似相声,此谓"散仙花"。我模糊记得两个人比赛吹牛,形容一艘船如何如何的大,还是很滑稽好笑的。

在本应肃穆的道场仪式上表演"脱口秀",这也是本乡丧俗文化的一种特色。而正所谓"亲戚或余悲,他人亦已歌",真正悲伤的人依然悲伤,但过来的远亲,相帮的族人,是期望放松一下心情的。所以法事上的乐子,反映的是本乡人对待生活的现实态度。

还记得外公去世时我还很小,参加完丧礼回来,大伯还开我玩笑,你是哭了还是笑了? 怎么表现的啊?

在我幼年,并无公墓这一事物,死者都葬于自家的自留地里。在田间挖坑做一水泥的椁,立一小碑,如此而已。当然旧时的地主人家,是有"坟山"的,相当于家族墓,望之俨然。

落葬当日,近亲属组成的送葬队伍,捧着骨灰盒,举着各样纸扎,拿着逝者生前的衣物及高升、锡箔等,沿着田埂一路默默走向墓地。由于去送葬的大都是亲属,皆着白衣,迤逦走在空旷的田间,肃穆悲凉。

骨灰盒安放时姐妹女儿不免又是一番恸哭。旁边有人点起了火,死者生前的衣物、被絮悉数付于火中,房子、轿子、船等纸扎也投到火里。风很大,火舌直冲天空。由于是在旷野里,这样的火、这样的灰、这样的哭声,是可以恣意挥洒的。

当然,解放前南汇的乡间都是土葬,往往在排场当天遗体就安葬了,也有等吉日而搁棺多日下葬的。

旧时再穷的人去世,也有一口薄棺,总要落土为安。我外公为他的母亲生前备了一具雕花的三圆芯棺材,分里外层,外为椁,内为棺。所谓三圆芯,即棺材盖板是三根整木切割拼接而成的,较五圆芯更好更厚实,这是财力的象征。母亲说,她奶奶这具寿材算是"睡着了"。其后不久,开始轰轰烈烈的"破四旧"运动,宅上其他老人们准备的棺材,都自己拆毁了。

在乡村面貌城市化的同时,乡村生活方式的城市化也是极其迅速的。比如我前面提到的婚礼、生育习俗的巨大改变。丧俗虽改变较少,但较之三十年前,那也是不可同日而语了。

比如扫墓,以前扫墓都是去田野里,现在都是去公墓地。这些年去公墓地里扫墓就像赶集,人来人往,熙熙攘攘,时不时要抬头看看炸响的高升会不会掉到头上。虽然流程都会走一遍,但都是匆匆忙忙。烧化纸钱,就是把锡箔纸像江西馄饨一样捏一下,一把把扔进铁锅里。

以前扫墓、做周年时,祭奠用的"元宝"都是母亲和我姐妹手工㩗(折)出来的,颇费工夫,但一只只用小小一张方形锡箔纸折出的元宝,真是精致的作品。

而扫墓本身的气氛,也更加肃穆而庄重。

记得以前祭扫外公外婆还有爷爷的墓,都是在田间。

「叭叭鸣」——汽车

清明时节,正好是油菜花开得艳的时候,麦苗也有半尺长了。扫墓要做的事,是要把墓周围的野草清除干净,让那棵万年青更加郁郁葱葱。然后燃上三炷香,摆上祭祀用的水果点心,在空地上烧化带来的一大包"元宝"。每个人轮流磕头。母亲会边磕头边念老祖宗保佑子子孙孙这样祝祷的话。

如果火要灭了,就用河边折的芦竹秆,或田里随手拔的一根花萁秆(棉花的秸秆),把锡箔挑起,火便腾地又蹿上来。对少年时代的我来说,这是扫墓时的一件乐事。

父亲或母亲去世后,旧时的南汇人家都是要做周年的。我母亲以前一年要做几次周年,我的外公外婆,后来是爷爷奶奶。随着母亲年事渐高,没有精力一个人又做馄饨又做圆子,最近几年她不做周年了,而是在年末摆年夜香时一并祭奠。

所谓摆年夜香也是本乡的一个祭祀风俗,原意是在过年之际,邀近几代过世的祖先亲人来"吃年夜饭"。一般是腊月廿五以后,大年夜之前。每次摆年夜香,母亲都要做上一桌菜,倒上黄酒或糖茶(红糖水),摆在客堂间的八仙桌上。每个逝者的位置上都有一副碗筷。而我阿春爷叔因为是左撇子，筷子还得放左手边。

摆年夜香，照例也是要化锭（焚化锡箔做的"元宝"）、磕头的。

记得以前摆年夜香是过年时一桩庄重又热闹的事。母亲总要张罗上半天，而我们小孩都要轮流跪在麻袋布上磕头。因为在室内烧"元宝"，灰片总是满屋飞扬。

如今，无论丧礼、扫墓，还是周年、摆年夜香，感觉总不如旧日那么郑重其事了。丧宴今日已成酒宴，仅桌上多一碗豆腐羹而已。

随着时代的变化，特别是全面贯彻独生子女政策后，南汇人对生变得无比重视，排八字起名、坐月子、满月酒、满岁酒、每年的生日……而祭祀的传统越来越简化，甚或被遗忘了。

所谓三十年河东，三十年河西，不意连生与死都会有颠倒的一天。

墙 角 里 的 小 仙

月上柳梢头,人约黄昏后。每年元宵,城里的人赏灯
约会看烟花,寒冷的月光下,旧日松江府的乡村少女们也
开始了激动人心的神秘游戏——扛壁姑娘。

扛壁姑娘,也有叫扛三姑娘,是一种流传于沪郊数百
年的集体占卜仪式。清代吴人顾禄《清嘉录》载:"望夕迎
紫姑,俗称接坑三姑娘,问终岁之休咎。"休咎,吉与凶,善
与恶也。按照民俗学学者陈勤建 1999 年至 2000 年的乡
野调查,松江一带流传的"扛三姑娘"即"坑三姑娘"。而
坑三姑娘或紫姑,是中国民间传说中的"厕神"。古籍《显
异录》所载的紫姑更有名有姓:"紫姑,莱阳人,姓何,名
媚,字丽卿。寿阳李景纳为妾。其妻妒之,正月十五阴杀
于厕中。天帝悯之,命为厕神。故世人作其形,夜于厕间
迎祀,以占众事。俗呼为三姑。"

　　令人惊讶的是,早年松江张泽镇、车墩镇等地请坑三姑娘,确实是到粪缸边请的,与古籍所载一致。可见历史悠久的松江不愧为上海文化之根。而"坑三姑娘"何以在松江农村变成了"扛三姑娘",陈勤建认为,沪语中"坑"(kang)与"扛"(gang)发音相似,故"坑三姑娘"即"扛三姑娘"。而我以为,乡下茅厕谓"坑缸","缸""扛"在沪郊方言中同音,而请坑三姑娘有一个"扛轿"的过程,"坑三姑娘"由是演变成如今沪郊方言中的"扛三姑娘"。

　　而这个三姑娘,哪怕在早年的松江,也非仅指厕神紫姑。据松江有点年纪的妇女讲述,虽然坑三姑娘最乖、最灵验,但也最难请。冬季坑缸结冰她就不太愿意出来,男童投石捣乱她又怕脏了衣裳,所以妇女们经常转而请金鸡姑娘(住在堂屋中柱下)、柴仓姑娘、灶角姑娘、门角姑娘、壁脚姑娘等。而在川沙、南汇、奉贤一带,"三姑娘"逐渐稳定为单一的"壁姑娘"。我妹妹说,黄路其实也有坑缸边的坑三姑娘,然而却被认为是不乖、不灵的,所以一般不去请。

　　而所有这些民间卜笃小仙的传说之源应都是厕神

紫姑。

早先请坑三姑娘大多是少女们的游戏。宋范成大纂《吴郡志》载：正月十六日"祭厕姑，男子不得至"。古诗《元夕看灯词》有"红裙私拜紫姑前"之句。昆山人郑涌泉文章记载：昆山农村迎紫姑即扛三姑娘活动的仪式由三位未婚女性具体执行，其余妇女在一旁肃立观看。陈勤建的调查中，松江妇女回忆20世纪五六十年代的坑三姑娘活动，参与者也以少女为主。

川沙散文作家顾忆人的回忆文章也与旧俗相合：

> 那年我十一岁，是1964年正月十五元宵夜。喧嚣的"炭茅柴"声已过，宅村里那些近二十岁的姑娘们承袭旧俗，要举行请女神活动——俗称"扛三姑娘"。她们选中我担当请神的"童男"。当时，上海浦东的我家农村没有通电，月光下，乡村幽幽……

早年的扛壁姑娘占卜游戏，发起的目的主要是豆蔻年华的少女询问婚姻的私事，此时不便于他人旁观。但有时可请一个童男作为"特邀嘉宾"。我甚至看到有人回忆扛壁姑娘往事时提到,当地传说须由长相英俊的少年请,壁姑娘才肯来。

顾忆人文章中"请神童男"的描述,让我回想起我记忆中唯一的一次扛壁姑娘活动。同样有一位请神的童男,但参加的人绝不止少女和童男,差不多宅上感兴趣的老老少少都来了。

最特别的是,我参加的这次扛壁姑娘活动,是到河边去请的。

那是一个黑黢黢的夜晚,大概十五的月亮躲到云层里去了。我们一众人来到水桥边。请神童男由新龙爷叔担当,当时他也不过十一二岁年纪,模样确也俊秀。可能由于紧张,主事者(我唤作阿奶的凤仙奶奶)教他的咒语被他念得磕磕巴巴,大家忍不住笑了。但壁姑娘还是请到了,众人回到主事者家的客堂里。在昏黄的电灯泡下,众人围聚在一张八仙桌前,屏息凝神,似乎要做一件惊心动魄的事。

我那时大约是太矮小,被挤在人群之外,所以这唯一的一次扛壁姑娘活动,只留下以上模糊的印象。

但通过我母亲的回忆、妹妹对他们宅上姆妈们的采访,以及陈勤建的报告、沪郊乡人的回忆文章,我大致可以还原扛壁姑娘仪式的基本过程。

时间一般都是在正月十五晚上,吃过馄饨、圆子之后。但也有年轻人兴之所至随时进行的,古来如此。《梦溪笔谈》载:"旧俗,正月望夜迎厕神,谓之紫姑。亦不必正月,常时皆可召。"

地点就在普通人家。母亲说,本宅上请壁姑娘的话,这家人家须过往三年里有过喜事,摆过花桌,烧过红烛,因为这样的人家的门角落里才会有壁姑娘。

众人向壁姑娘求取的答案,无非关于三个方面,一婚姻,二生育,然后是农桑之事。时至今日,扛壁姑娘仪式有进一步娱乐化的趋势,有问兜里多少钱的,有问香烟盒里几根香烟的,只图一乐。

但至少在陈勤建及顾忆人的记录里,20世纪五六十年代的扛三姑娘仪式是相当郑重的。车墩镇连建村的张华娣回忆自己做姑娘时,为弄到一点请金鸡姑娘时用的香烛,将父母家里祭先人的红烛用棒头戳下来,甚至跑到村外的五圣庙去"讨",看到香坛上的红烛,念一声"阿太,讨个香烛",头一磕,拔了就走。陈勤建认为张华娣这样的勇气,来自少女对婚姻幸福的向往和追求。

少女们问的问题可能是将来的夫婿来自东南西北哪一方。得了答案,就暗暗记在心里。父母出她们的八字,如果男家方位与壁姑娘的答案合,心里就要怦怦跳了。

基本上各地扛壁姑娘的程序和方法是一致的。

先要准备几件道具。取一个竹制的圆盖(比如饭篮盖),扎上土布做的蓝手巾,沿口插一支簪,半露于外。

请仙者一般是三人,一个主事,两个抬轿(一般是两名女子,我妹妹宅上却是两名男子抬轿)东西相向而立,各以两手中指抬住篮盖,不可用力,此为轿。

抬轿者来到神仙所在处,比如门角落、河边、田边、茅厕边。

主事人持香作揖(也有跪拜的),然后口念咒语请壁姑娘上轿。综合母亲的回忆和我妹妹的采访,开场白的咒语通常是这样的:

　　请仙者：一姑娘，勒荡哇（在吗）？勒荡么笃三笃（点三下）。

　　抬轿者答：勿勒荡。

　　请仙者再问：二姑娘勒荡哇？勒荡么笃三笃。

　　抬轿者答：勿勒荡。

　　请仙者：格么三姑娘勒荡哇？勒荡么笃三笃。

　　我妹妹的现场描述是：突然那饭篮盖缓缓地点了三下，一屋子的大人小孩瞬间屏住了呼吸。

　　抬轿者：勒荡。侬叫伊做啥？

　　请仙者：叫伊吃仙茶咾望先生，月半夜里看红灯。

　　这里一姑娘、二姑娘、三姑娘的叫法，可能又与《封神演义》中云霄、琼霄、碧霄三仙姑的传说相关。元始天尊敕三仙执掌混元金斗（即净桶），这是关于厕神的另一传说。

此时,请仙者开始催轿:

请侬么快快交咾嗖嗖交,临兹上桥么笃三笃。

仙茶么要冷哉,红烛么要熄哉。

若无反应,就继续请:

壁姑娘请侬快快来,

头发来勿及梳么一把绕,

衣裳来勿及着么披兹报(音,指走),

裤子来勿及拎么袋束腰(旧时裤子形如宽口布袋,折叠系绳而束),

鞋子来不勿及穿么趿兹跑。

如此念着咒语,抬轿者感觉到扛的篮盖突然重了,或者连点三下,就是壁姑娘上轿了,可以请到八仙桌上了。

此时客堂间里的八仙桌早已布置停当,桌面上平铺着一层砻糠,有的地方将砻糠撒在一个大的脚扁(一种扁平的竹篾制盛器）里，抬轿者在八仙桌东西两边站定，壁姑娘坐南面北，篮盖保持在使簪能触及糠粉的高度。

此时主事人再讲几句客气话，周围人即可一一向壁姑娘提问，由主事人正式求问，而壁姑娘以簪在糠粉上画文字、数字或图形作答。

比如主事人问：壁姑娘，今年稻好还是花（棉花）好？稻好请画稻，花好请画花。

然后那支簪开始微微动了，慢慢在糠粉上一笔一画画出稻穗或棉花的形状。

而这个最神秘的时刻也是围观人最紧张的时刻，有一种神鬼降临般的惊惧和敬畏感。

顾忆人回忆，当时问壁姑娘他叫什么名字，结果壁姑娘"写"了"顾忆人"三字，字迹俊秀飘逸，似非两个村姑所能写。而古人曾记录坑三姑娘能作诗，"有极工者"。

等到问题一个个问好，或者那支簪迟滞不动了，壁姑娘累了，就要回家了。这时抬轿者就小心翼翼地把壁姑娘抬回她来的地方，最后再讲几句客气话，谢谢她，希望明年再来之类，整个占卜仪式就结束了。

怀着紧张又兴奋的心情，大家各自踩着月光，冒着寒风默默回家。

但母亲说起扛壁姑娘来是非常轻松的，她甚至称壁姑娘就是个"赤佬"，意为无害的小鬼，好像在说宅上一个机灵淘气的孩子一样。

确实，壁姑娘在沪郊乡人的心目中，不是一个高高在上的神祇，而更像一个隐形的、有点法力的小老乡。她无力庇佑一村的平安，但聪明善良的她或可提供一些生活的预言或命运的提示，或者她的存在，只是为了每年与村人共渡一个难忘的元宵夜。

扛壁姑娘的风俗在本宅消失已近四十年，我童年时代参加的一场也是最后的一次。但在一些人多的村宅，扛壁姑娘的风俗近年又有复苏的迹象。"90后""00后"的少年人在古老的游戏中感受到传统风俗的神秘和不可思议。

从来没有人问抬轿者，是不是你们画了这些图形，也没有人会去研究这是不是心理暗示的结果。

这是扛壁姑娘永恒的秘密。

每一个乡村都有神鬼的信仰系统。在缺衣少食、瘴病横行的时代,如果没有信仰的支撑,农人如何能保持希望,并且平复现代人难以想象的苦难和伤痛?

所以扛壁姑娘不是正式的请神问神仪式。除此之外,本乡历来有算命、解关煞、扎仙等一系列完整的信仰仪式。这其中佛、道、巫无所不有,这也是中国农村的普遍现实,乡村信仰的目的只有一个:解除苦难,获得心灵的慰藉。

我大伯病危时,一众亲戚曾去一个瘸腿老太那里扎仙,去问我大伯究竟冲撞了什么邪祟。扎仙是类似扶乩的一种巫术。而我一个小时候的玩伴,如今操持起解关煞的行当。所谓解关煞,就是解除人的劫数和噩运,往往是算命的后道工序。母亲说,邻村有个小伙子,十八岁,和父亲走在一起,突遇雷响,然后就精神分裂了,这是遭了十八岁的罗汉关。

所谓穷算命,富烧香,实在不堪命运捉弄的农人就会去求助算命人。我那个做解关煞行当的小伙伴的外婆,就是一个算命人。她是个盲人,在我小时候的印象里,她就像个仙婆一般,挂根拐杖,说话客客气气的,但从来神秘而不露半点声色。

算命也可以很好玩。

记得小时候宅上来了个衔牌算命先生。他手上架着一只美丽的雀鸟(如今想来应该是绣眼一类的小鸟),一手提个小木箱。到我大伯家坐定,在八仙桌上打开小木箱,里面整整齐齐一排纸牌。哪个小朋友要算命,便走到跟前来。那个算命先生对着小鸟念念有词,念毕小鸟轻快地跳到桌子上,用小嘴从一列牌里啄出一张交给算命人。

算命先生打开我的那张牌,上面画了个书包,他解读说,这个小孩,读书好,将来是要"书包翻身"的。无论算得准还不准,那个下午,父母还有懵懂的我,那份快乐是真实的。

沈家宅

官 清 不 如 布 清

母亲说,家里至今还有十几匹布。如今新场古镇开了间店,搜集乡间留存的土布,有些邻舍就把家藏的存货卖给他家了。但母亲不卖,她觉得还是留着好,虽然不知能有什么用处。

我也不希望母亲卖,这些布留有我童年的记忆。我记得当年这些布就搁在我家衣橱的上层,塞得满满当当。其后我姐妹出嫁时,各拿去一些作为陪嫁,如今只剩这十几匹了。

而这些布,是母亲一梭一线织成的。犹记我们住在两间半的平房里,布机就放在西家屋的客堂。每日晚饭后,母亲就坐在布机上织布,昏暗的灯光下,布机发出有节奏的声音。我在前文中写到一个谜语:"白丝白布桥,白丝造顶桥。上头金鸡叫,下头踏洋车。"这是对传统织

织布机

布工艺非常形象的描述。其实另有一谜更加简洁生动："高高山,低低山,鲫鱼游过白沙滩。"

但布机的声音,不是金鸡叫,也不是木兰辞中的"唧唧复唧唧",而是像摇橹那样抑扬的"吱扭"声,而我们姊妹(本乡对兄弟姐妹的统称)三个,每每在这摇橹声中沉沉睡去。

织布机在幼时的我眼里是高大的,而我母亲不在的时候,我不免手闲去动一下,推一推那个口夹(筘),这是要憋口气才推得动的,然后听它弹回来时"嘭"的一声闷响。那时候看母亲织布,脑眼手脚并用,十分枯燥,也很麻烦,时不时断线,就要起身耐心地找出线头来接上。

印象中关于乡下的纺织往事,除了织布还有刷布,因为那是一个堪称壮观的场面。

刷布是整个乡间纺织活动中的一道重要工序,就是要把前一晚在糊船(一种椭圆形大木盆)里浆好的纱,齐齐地晾晒出来,然后用专用的工具把纱浆刷匀。通常浆的纱,长的可有三百尺,相当于一百米的样子,要从大伯父家门前的场地上排到村西口,再折而向南,一直排到曹

刷布

家宅。这样长的纱,要布几十只的长凳,三尺来宽、密密匝匝的纱线直直地紧绷在凳面上,远看就像绍兴那种超长的石板桥。大人们在阳光下来来回回地刷着,忙碌着,而我们只是看热闹,并被大人呵斥离纱线和长凳远点。

母亲说,纺纱织布最讲究的是绝对的整齐,容不得一根线的错乱,俗话讲"官清不如布清",讲的就是这个道理。

乡间纺织是一个浩繁的工程,但这几乎是旧日农村除耕种之外最重要的事。

传统的纺织流程从种棉花算起主要有摘花、晒花、脱籽、轧棉条、牵纱(纺纱)、染色、经布、浆纱、刷布、织布这么几道工序。每一道工序都耗费大量的时间和气力。

轧棉条有专门的作坊,牵纱就要自己操作了。我家阁楼上至今还有一部三锭的脚圈,对这个长相奇特的木玩意儿我还有一定的印象。圈的一端装有三个锭子,绕满纱时就变成三个白胖子了。乡间有一谜打此物:"姊妹三个一样长,登登趣趣(音,指亭亭的样子)望爷娘"。

而染纱也有店家提供服务,南汇早年最有名的是西门的染纱店。把纱送到店里,讲定翠蓝、洋蓝、大红等各

牵纱

样颜色,然后拿了票子,等十天半个月去拿染好的纱。

经布、刷布,最要技巧和功夫。乡谚云:"话着经布困勿起(睡不着),话着刷布打早起。"经布就是要编排布的花色,把一组组纱线有条不紊地排列组合。母亲说,经布需要聪明的人来主持,而她也能做得。

经布、刷布是乡间典型的集体协作劳动,总是在冬天农闲的时候,一年做上那么一次。每次经布,先有一家人家发起,并承担统筹的任务。比如二十四只铜管的纱,发起人要八只,其他人家多多少少地参与,一只铜管的人家也有,凑满总要四五家。但不管纱多纱少,参与的人力基本是差不多的。

本乡的棉纺织技术及所用的工具,与元代黄道婆的纺织术相差无几。比如去籽的搅车、弹棉的椎弓、三锭脚踏纺纱车等,还有错纱、配色、综线、絜花等织造技术也沿用至今。就是说,上海郊区的纺织技术历五百多年而无实质的变化,可见黄道婆的伟大及元明织造技术的发达。

黄道婆的织造术推广后,松江府日出布万匹,黄浦江上棉布贸易穿梭不停,松江府当时有"衣被天下"的美誉。

百米经布

而直到晚清，南汇仍有人家以卖布补贴生计。川沙、小普陀（浦东运盐河与八灶港交汇处，现川沙城厢镇南约七公里处）均有收购点。售于市的布尺幅较短，约一尺半，但反而叫"大布"。

母亲们的辛苦劳作，让我们有新衣可穿。差不多在我十岁之前，我身上的衣服基本都是土布制成。而乡下制衣，也像一个小小的节日。先提前约了裁缝，择日上门来，量取每个家庭成员的尺寸，然后棉袄、上衣、裤子，一样一样地做。一两个裁缝师傅要在家里做两三日才好。请裁缝上门，除了工钱，还须管上午饭。本乡小寒良、小玲珑等都是当时有名的裁缝。

不过我对土布衣服并无特别的好感。贴身穿总觉粗粝，冬日也不挡风。特别是裤子，可能因为我们儿童活动得多，土布又没有弹性，穿了一阵，膝盖那里会鼓出来一块，就不好看了。而且土布并不牢，容易撕破或磨烂。改革开放后农民有了一定的购买力，运动衫、运动裤很快变成农村少年儿童的标准着装，而我就再也不要穿回那老布衣服了。

如今回头来看，虽然老布远没有后来的的确良、卡其布那么挺括帅气,但想到各类进口服装包括童装屡有甲醛超标或致人过敏的报道,就感觉纯天然的土布仍有其可取之处。

听母亲说,就在五六年前,东嗨边(音,即东边,此处特指离我家一里多远的一个零星村落)的康宝英姆妈等乡邻还在织布做土布衣服,而纱是早年的存货或者索性买现成的,因为经布、刷布这样的集体纺织行动再也组织不起来了。

「别场好」——别的地方

燃香车沟头

车沟头，可以理解为竭水而渔，是本乡一项传统的捕猎活动。通常在冬季进行，一来正当农闲，二来冬季的水位要低很多。在蔬菜稀缺的冬季，车沟头实实在在补充了农人的营养。

在 20 世纪 70 年代之前，车沟头要全村男子参与，这是工作量的需要，也是每户人家对食物的需要。当生产队长的时候，父亲经常是车沟头的发起人。有一次他没招呼宅上的一个爷叔，因为爷叔吃素，身子也弱。结果爷叔的老婆(也就是我父亲的娘娘)把他数落了一顿，只好一起叫上。

我没有经历过车沟头。我的记忆里只有高高悬挂在生产队猪棚北墙上的水车，足有两间屋长，结满蛛网蒙满尘。

车沟头通常是围捕几百米长的大河。而窄小的河，不用水车，用木桶就可以将水舀干，此为涝（音）沟头。我特意查了下本乡方言中 kao 究竟是个什么字，查下来感觉"涝"是确切的，有"水干涸""车水"的释义，这是本乡方言保留了很多古文字的又一例证。如果从字面意义来看，涝沟头其实是包含了车沟头的。

不管车沟头还是涝沟头，第一要务是筑坝。筑坝是非常讲究的，筑得不好，就会管涌，甚而塌坝，前功尽弃。筑坝要用硬黄泥，用铧抄（音，指一种刃呈弧形的窄铲，直立操作）切出一大块一大块黄泥，抱起来狠狠地掷到水里。筑到一定高度还要来回踩踏以使其结实。

父亲说，讲究的坝要筑"雄坝"，即向水位高的一侧凸出，这其实和拱桥的原理是一致的，"雌坝"只适合浅窄的河。然而父亲虽然是车沟头的行家，但也有失手的时候。有一次涝沟头，涝到一半坝突然出现"险情"，泥水从缺口冲下来。眼看就要白忙乎半天，他急中生智，奔回家卸了门板插在缺口处，一河的鱼"捶胸顿足"。

筑好坝，排上水车，漫长的车水工程开始了。车河是大家一个个轮流来,怎么分配工作量呢?乡人自有一套管理方法,每人开工的时候点一炷香,燃毕换人。但谁知道香还有蜜青、蜜黄两种,似乎还很难分清楚。谁轮到蜜青的香,那就哭吧,因为它烧起来特别慢,烧一个小时都有可能。

涝沟头虽然总的工程量小,但一点也不省力。两个汉子面对面站在坝上,两手分别抓住粪桶——洗刷过就不脏啦——一侧的胶绳,将桶抛到水里,待水灌满,两人齐喝一声:"来!"好几十斤重的水桶被生生拉起,飞过坝后,空桶又被顺势抛回内侧的水里,再拉起……如是一气呵成,循环往复。听着汉子们凌厉的号子,看着他们严峻的面容,甚至有一种惊心动魄的感觉。本乡的汉子鲜有虎背熊腰者,但个个膂力惊人。看他们涝沟头,可以尽情欣赏劳动和力量的美。

车沟头车上三天三夜都是有的,但涝沟头必要当天完工。因为晚上涨水时,外面的高水位可能把脆弱的坝给冲垮了。

等到冬日的阳光变得过分温柔,我们站在岸上的看客感到一丝寒意时,水就只剩一尺半尺了。此时河里的大鱼们紧张起来,它们在水下焦虑地来回穿梭寻找出口,如子弹般划出一道道水线,留下浅浅的涟漪。而我竟然像鱼儿们一样紧张,急切想看看它们被捉出水面时的模样。

等到河床见底,大鱼们集中在浅坑里,把水哗哗地搅得一片浑,只有高耸的鳍在水面抖动。而留在河泥上的鱼儿们上下蹦跶,很快变成泥鱼,它们求生的本能反而害了它们的性命。

这个时候,劳累了一天的汉子们不慌不忙地开始拾鱼了。他们穿着高筒套鞋,一手拖着粪桶,一捉一个准地把鱼扔进木桶里。

父亲说,早先他们车沟头,连套鞋都没有,大冬天赤脚下河。那时的冬天可比现在寒冷,河泥能迅速地结上冰碴子。走在河里久了,小腿上的毛孔甚至会渗出血来。

但河流丰盛的回馈可以让他们暂时忘却身体的疲劳和痛楚。河底到处都是鱼,鲫鱼、黑鱼、鲢鱼、青鱼、大河虾,简直抓不过来。平时故作高冷避世的大黑鱼们,此刻个个惊恐万状拼命挣扎。乡下的汉子都是捕鱼高手,有些狡猾的鱼潜在泥里一动不动,但只要身体略有拱起,就被法眼识破,一把扔进桶里。

阳光已经变冷了。这时总捕了两三桶鱼,称起来要有百把斤了。如果是车沟头的话,渔获当然是更丰盛的,哪怕有十几户人家参与,每家分到的鱼一定多到吃不完。当然送人、腌咸鱼,也都是很好的。

我印象深刻的是,有一次宅上比我长几岁的几个阿哥,淘干了仓库场东边的一条"断头河"。不过二三十米的河面,竟然捉出一二十条极肥大的黑鱼,大者近一米长、碗口粗,几若鱼精,短者也有一尺多,让人叹为观止。家乡往日河产之丰盛,由此也可见一斑。

而淘沟头这样的乡村活动,也有其独特的传统。

首先,在淘河人捉鱼之前,按规矩任何人不可以下河捞鱼,哪怕一条大鱼在你触手可得的地方。但淘河人也会遵守公共资源的共享法则。他们只捉大鱼,而且即便知道再搜罗一遍定有可观的收获,也会适时上岸。

而此刻,我们这样的观战儿童以及行动尚且灵便的老人们的快乐时刻就到来了。大家纷纷拎着小桶下河，参加热热闹闹的捉出头（音，指捡拾车沟头后剩下的鱼）活动。我们得眼疾手快，争分夺秒，因为天快黑了，手脚也很快会冻到发麻。

虽然经过了一轮搜捕，但河床仍然像一个宝藏。鳑鲏鱼、小鲫鱼、洋伊水（音，指穿条鱼）都在那里，如果运气好的话，你完全可能从泥里摸出一条大黑鱼，或者一条半尺长的鲫鱼。

涝沟头加上捉出头，我们乡村的传统是如此和谐美妙。当天晚上，整个村子都弥漫着鲜鱼的香味。

关于捉出头，本乡还流传着一个笑话。两个独居的老人，某日也去捉出头，抓了几条鳑鲏鱼。两人用淘米篮把鱼洗了，然后用一把雪里蕻咸菜炒了一道咸菜鳑鲏鱼。老两口在品尝时直呼"鲜来""鲜来"。第二天早上一看，那几条小小的鳑鲏鱼，一条不少地贴在屋檐下的淘米篮上。

我小的时候也学着大人的样子涝过沟头。不过我们涝的是小沟头，就是村子后面的那条小河。这条河蜿蜒着流过我们整个村子,最宽处不过两米,浅处可见河底。某一年冬季,曹家的几个男孩邀我们一起洿沟头。我们把小河的一段两头筑了坝。粪桶我们是挥不动的,那就拿把长柄粪勺,轮流舀水。最后我们惊喜地发现,河底的鱼可真不少。更出乎意料的是,居然还潜藏着几条超级大鲫鱼,几乎有一尺长,尾部呈金黄色,正是所谓的黄板鲫鱼,连大河里都很罕见。最后我们和曹家的孩子为那条最大的鱼的归属起了小小的争执。他们认为他们是活动的发起人,应该归他们,而我们认为我们是小河的主人,应该归我们。最后似乎还是归了我们。

说到洿沟头,必须提到一项特别的福利,那就是挖芦根。

芦根就是芦苇在水底的根茎,比手指略粗,谁也不知道它们到底有多长,当我们把它们从泥底奋力掏出来时,通常只有两三尺长了。世人皆赞荷花出淤泥而不染,芦根何尝不是如此? 污黑的芦根,你在清水里一甩,再捞出来时就是一支通体雪白的玉笛。

芦根是我们乡村儿童冬日的美食。咬上去脆脆的,嚼出其中甜甜的汁水再吐掉。我无法形容它的味道,因为世上并无相似之物。只那一丝淡淡的水腥味,让人相信它是冬日河底神奇的馈赠。

「叠节头」——两个孩子只差一岁

黄浦江上拾柴人

说起早年乡间的协作互助,我不免想起幼时父亲和乡邻们拾柴的往事。

所谓拾柴,就是摇船从南汇出发,到黄浦江的运木船上捡拾原木上掉落的树皮。这是在连柴火都匮乏的大集体年代,南汇县黄路公社海沈大队社员们的发明。

我父亲年轻时多次到黄浦江拾柴。准确地说,我们生产队的拾柴行动就是我父亲发起的,他当时是生产队长。

拾柴也是走投无路之举。成立了公社之后,柴草成了稀缺物品,家家户户烧饭都成问题。比如说,一个生产队养四头牛,一头牛每天要吃掉一个稻柴捆(约三十斤)。稻柴还是乡下草屋屋顶的主要材料,一年翻次屋面,一间房要用掉二十个稻柴捆。此外稻柴还是养猪填棚的必需品。这样算下来,分给农户的稻草就非常有限了。其他如菜籽壳、花铃壳(棉花壳)、谷壳等,虽也可以用,但不经烧,消耗太快。

在去黄浦江拾柴之前,父亲和乡邻们曾撑着新买的"五吨头"水泥船到奉贤的青村、光明等地割柴草,比如芦苇、苰柯(音,指一种类似茭白的野生植物)等。后来父亲听到一、二、三、十五队有人去黄浦江里拾树皮柴,顿觉眼前一亮,号召本队青壮年也行动起来。

去黄浦江拾柴,都是宅上人家轮流去。一般是四五户人家各出一个男将,最多一次去了八个人。

他们一大早从南汇出发,算好落潮的时间,从惠新河一路向西航行到航头镇,再折而向北进入咸塘港,然后径直摇到张家浜,最后沿张家浜往西摇上八九里就到了黄浦江。惠新河受潮汐影响不大,船走得慢,走这条河,船上一半的人要去岸上拉纤。一百里的水路,他们五六个小时就能到达目的地,算起来比我上大学时乘公交车从黄路到周家渡的速度并不慢太多。

父亲说,当时他们的船就泊在张家浜接近黄浦江的岸边,然后放下装在水泥船上的小木船摇橹出发去寻找运木船。水泥船上留一个年长的人看船做饭,有时就是我的大伯。看船的人还有一个重大的任务,就是要防止水泥船搁浅。每当落潮时,要赶紧把船往外撑出几米,以防船底被河床硬物硌破。而落潮有时是在深夜,故须随时警惕。

拾柴的路线主要是从黄浦江的东岸,由张家浜一路向南,经过南码头、白莲泾、现在的世博公园、后滩、前滩。我比画了下,这一段江岸超过十公里。

到黄浦江拾柴,总要三四天工夫才能把五吨的水泥船装满。

每日一大早,拾柴人就从河口出发,边行船边观察江岸鳞次栉比的货运码头上有无轮船在卸木头。父亲还记得当年一些货轮的名号,如"战斗号""先锋号"等。要是有发现,就赶紧靠到那个庞然大物下面,然后向船上的人喊话,表达卸完货后来捡拾树皮的愿望。

父亲说,那时候的人都很好的,一般总能通融。虽然这些大多来自市区的船员一口一声"乡下人",但并无恶意,甚至还包含了些许同情。

当然乡下人也并非全不懂人情世故。他们一般随身带几包香烟,比如"大前门"。特别肯帮忙或帮了大忙的,他们兜里还有城里人比较稀罕的油票相送。因为我们乡下都是自种油菜,油票家家户户还是比较多的。

等木头卸完,船员就会放下软梯让拾柴人爬上轮船。他们就麻溜地下到舱底,把散落的树皮一把把飞快地装进麻袋。等几麻袋树皮装满,头脑活络的乡下人又要请开塔吊的师傅帮忙了。这几大麻袋的树皮,当然也可以自己用绳索提起来放下去,但得使上吃奶的力气,而放进大网兜,吊机轻轻一抓就可以搁到他们小木船上。

每天装满小木船,往往已经天黑了。那时的黄浦江,入夜后两岸基本是一片漆黑,也很安静。回到水泥船,晚饭无非是茶淘饭和咸瓜酱菜,而用行灶(一种便携的铁皮灶)做的饭,经常是夹生的。但拾柴人是不会介意的,两碗茶淘饭下肚只是眨眼的工夫。

父亲对那些货船上的上海人念念不忘,觉得他们是古道热肠的好人。有时候船员看他们捡柴捡得满头大汗,还会递上汽水、青岛啤酒。而在我看来,乡下拾柴人和货轮船员,就像动物世界里完美的共生关系,资源的利用和劳动的配合都达到极致。

但父亲是一定要记得黄浦江上上海籍船员的好的,因为他们救了他的命。

那一次他们上的一艘船树皮特别多。很快就装满了小木船,父亲觉得差不多了,当时江上有点风浪,装多了水很容易泛进来。但同行的一个伯伯说,来也来了,再多装点吧,反正到张家浜就一点点路。在这样的侥幸心理下,他们把小木船装到不能再装。然后就像"阿里巴巴与四十大盗"故事里的贪心者一样,他们遭到了惩罚。船一路走,水一路泛进来,行到差不多塘桥渡口附近时,小木船撑不住了,浪哗哗地涌进来。眼看就要沉了,船上的人惊恐万分大喊救命。

"乡下人船要沉了!"

在这千钧一发之际,附近听到看到的船只纷纷赶来,大的船扔下救生圈、抛下救生绳,小的船伸出带钩的长篙来够他们。父亲看到一个救生圈不顾一切扑了上去,其他人也陆续得救了。如今回想当年的情景父亲仍心有余悸。虽然他们几个都会水，但当时江上风浪颇急，又时在秋季，无人搭救很有可能被江水卷走。

但第二天，他们换了身衣服，又出发去捡树皮了。

君看一叶舟，出没风波里。那是 20 世纪 70 年代上海农人为了生计在拼搏。

每次拾完柴，趁着潮水，挂上纤绳，拾柴人一大早出发，总能在当天下午就赶回家。有一次甚至是连夜就往南汇赶了。父亲说，那时年轻，通宵行船也不觉得特别累。

像渔家出海打鱼一样，每次出发去黄浦江，家人不免担惊受怕。曹家阿唐爷叔经常同船去，他老婆阿桂莲每到船快归家的时候，就站在他们家平房的屋顶向西眺望，直到看到船的身影。而我姐姐那时比较懂事了，她回忆说，每次父亲出门去拾柴，她就很担心，睡不着觉，直到父亲回来才高兴。

而我并没有这样的思虑。水泥船回来的时候，我们就追到岸边看，兴奋极了。船靠到仓库场边的河岸，大伙儿一麻袋一麻袋把树皮扛上岸，然后哗啦一下倒在地上。

有多少人出船,就分几堆柴,一直到每堆柴堆得像小山一样。看看每堆柴都差不多高就好了,谁家都不会比较多多少少,只顾兴高采烈地把宝贝般的树皮柴搬回家。

关于拾柴我有一段特别的记忆。

记不得那次出船父亲是否参加,在分柴时,我分明看到一支灰不溜秋的美式冲锋枪被扔在场地的一角,如今想来应该是拾柴人在黄浦江某个地方意外捡到的解放战争的遗物。这支枪从哪里来,后来又到哪里去,至今是个未解的谜。但那个画面深深印在我的脑海里。

话说一块块比巴掌大或黝黑或乌黄的树皮柴可真是个好东西。我烧灶头时最喜欢烧树皮柴,火力旺,可能是树皮含油脂多,经常烧着烧着嗤嗤地冒出火舌来。拉几把风箱,感觉可以炼铁了。平时煮饭我们一般不用树皮柴,容易烧焦。炒菜的话,菜熟了,火还旺着呢,浪费。所以树皮柴这样的好东西一般在来客时或节日时用。

而它最大的用处你可能想不到,那就是煮猪食。比如把玉米粉、糠等一起加水煮,熬成糊状。所以早年我家养的猪是真正的有机猪,吃糠咽菜,经常有田地里自种的瓜果当休闲食品。说真的,那么香的猪肉 90 年代后我再也没有尝到过。

差不多在 1975 年到 1978 年的光景,父亲前前后后去了七八次黄浦江拾柴。到 70 年代末期的时候,我们生产队的人家渐渐用上了煤球和煤饼。也从那时起,黄浦江拾柴成了历史。

关于煤球,父亲还忆起一段遥远的往事,如今听起来感觉荒诞而有趣。

60 年代末,我们生产队来了一个学农的初中生班级。他们来自当时的黄浦区东南中学。如今我在网络上查找这一中学,似乎已不复存在。父亲说该校位于当时的浦东南路和东昌路附近,周边还有一家造纸厂。在今日地图上,这里已经变成极尽繁华的中心城区,而当年,这里是破旧拥挤的棚户区。

父亲至今还能记起若干学生的名字,如朱来生、陆凤莉、汪根妹等,带队老师是殷兴元。父亲那时还未结婚,但已经是生产队长了,其中一部分学生就住在我爷爷奶奶的屋子里。学生们和村民相处融洽,一个月学农结束时,大家都有点依依不舍了。过了几年,好几个学生又回到我们生产队叙旧游玩,回程的时候邀我父亲去他们家做客。

　　某天父亲和倪根海、金进根三个好朋友突发奇想,决定去看看陆家嘴的学生们,再顺便换点煤球回来。而他们的交通工具竟然是耕地用的手扶拖拉机,只不过把铁轮换成了橡胶轮,后面挂一辆人力拖车就是车厢了。一个人跨在前面开,两个人坐拖车里,三个人就这样啪啪啪地上路了。手扶拖拉机我是熟悉的,声音特响,速度极慢,只和人跑步差不多。而陆家嘴距离黄路公社路程约五十公里,大概够他们从白天开到晚上了。

　　而他们一路并不顺利。开到周浦时,毛手毛脚的年轻人撞了一个挑着新买的粪桶的汉子,人倒没事,粪桶坏了,如此一番争论,赔了几块钱再上路。快到北蔡时,又碰了一个中年妇女的小腿,还好那时的乡下人比较朴实,那妇女并没有躺在地上讹诈他们。三个人赔了不是,又加几块钱,妇女就放他们走了。但这时三人已经吓得再也不敢开快了,到陆家嘴时,天已经快黑了。

　　那时候普通上海人家也是真诚而热情。学生们看到父亲来了,高兴地说:"队长来了! 队长来了!"客客气气邀了一起吃晚饭,还把他们三个安排到人口较少的同学家里住了。父亲说那时东昌路一带学生们的家里居住条件都很困难,有的人家八九个平方住五六个人,甚至还要用吊床。老实说,今日要我家里留宿一个并不算太熟悉而且一身尘土的人肯定是要犹豫的。我只能说那时候的人,居住条件是狭窄的,但心胸是宽广的。

第二天,父亲和两个伙伴拿学生家里的煤球票、煤屑票购买了一拖车的煤球、煤屑,然后又啪啪啪地开回了南汇。

自从公社解散分田到户,柴草就再也不是问题。很多稻柴在仓库场上堆得高高的,直到发霉发烂。而我就从底层烂熟的稻柴里,寻觅活蹦乱跳的香曲鳝(钓鱼用的长不过一寸的红蚯蚓),坐到仓库场边那艘五吨水泥船的船头钓鱼。其实自从承包到户,这艘笨重的水泥船便很少有人家用了,慢慢就烂穿船底,大半截沉到了水里。翘起的船头,似乎在诉说它当年劈波斩浪挺进黄浦江的光辉往事。

月光下的《西游记》

早年生活在南汇,每到夏至,晚上就可以乘风凉了。

乘风凉总要几户人家聚拢了才有意思。盛夏的农家,总有瓜果、芦粟可佐谈兴。在我童年的印象中,大伯家场地上的乘风凉活动是人最多也最吸引人的。

伯父家的场地连着村子主干道,泥地被踩得坚实而光滑,白天看是一种暗沉的深灰色,到晚上却可以泛出月光来。

晚饭一过,夕阳伸手抓走最后一抹余晖,逃进黑夜里。宅上的人家,好像接到通知似的,握着蒲扇,踱着最轻松的步子,陆陆续续围拢来。那时也没有围墙,没有人招呼,各人只是自己找个位置,或者放下自己带来的小板凳,四下里坐了。彼此也不招呼,只管用蒲扇啪啪地打着小腿,不让蚊子有立足的机会。

女人漫不经心地问个话，男人寒暄着撒一圈烟。

话题是极宽泛的。天气与农事，电视机、席梦思等新鲜的事物，各处人家的生老病死……既然是我伯父的主场，他时不时会抛出一些话题来，讲起话来嗓门也大一些。

谁讲得有趣了，大伙发出哄笑。又有大家感兴趣的话题，各人争着发言，气氛便热烈起来。

此刻凉风已经一阵一阵地起了。我的堂姐，也是我大伯家的幺女，在人群的一隅，正钻在我大伯母的怀里吃奶。那一年她虚岁已经八岁了。三十多年过去，我至今未听说有比她更长哺乳期的儿童。我想，到后面几年，她也只是撒个娇过个干瘾罢了。这个奶末头（幺儿）就是这么任性，而我的伯父伯母也是毫无招架之力。这般亲子的奇迹，似乎也只有在天性自然的农村才能出现了。

但没有奶吃的儿童，乘风凉的夜晚其实是有点无趣的。天已经晚了，也不敢往别处跑。彼此间点点戳戳的打闹还得压低了嗓门，免遭父母蒲扇的敲击。

于是我离开人群，一个人来到我家的场地上，尝试去捉拿那只挑衅般聒噪了很久的趑绩（蟋蟀）。那一晚的月光如水银泻地，场地上竟如同白昼般明亮。在如此静谧美好的夏夜，趑绩一定是要歌唱的，只是察觉到我的到来，歌声变得忽停忽续，忽高忽低，忽远忽近。一会儿像在场地上的泥洞里，一会儿像在砖铺的小径下，一会又像在屋里的门角落里。我在月光下徒劳地东寻西觅，生气着急。一个、两个或者三个夏夜的精灵，谈笑间挫败了这个杀气腾腾却又笨笨的小男孩。

然而那一晚的乘风凉，我没去捉趑绩。因为当晚有人提议，请在座的野火爷叔讲《西游记》。

野火爷叔虽面无表情却也不推辞，众人纷纷拖了竹椅、板凳围拢来。我们小孩也可以盘腿坐在他靠着的八仙桌上，离得很近地听。

朱野火我是要叫伯伯的，小名小野火，是本宅的外姓。他们兄弟三人，原本偏居于村子的西头，在人民公社时划进同一生产队，也陆续迁到本宅的南面和东面。朱野火是一个健壮的汉子，胳膊小腿一块块黑亮的肌肉弹出来。但很不协调的，他戴着一副极厚的近视眼镜，一圈圈的,隔着眼镜看过去,眼睛小得滑稽。他的近视似乎是先天的,他兄弟朱小弟也是如此。所以他平时干着和所有乡间汉子一样的活,但手脚很慢,走起路来摇摇晃晃的,也不太爱讲话。

而与他的啤酒瓶底眼镜相协调的,是他对文化知识的热爱。我不知道他看过多少书,只知道他会讲《西游记》。他讲故事——我以为可视作民间的说书——的时候,是异常镇定而沉着的,不疾不徐,娓娓道来,有对话时对话,愤怒处愤怒,惊恐处惊恐。直讲得周围的人伸长了脖子,睁大了眼睛,张着嘴,如痴如醉。

在四下阒然的夏夜里,星光下这一群农人,姿态各异,神情虔诚,如同一幅带有宗教或革命色彩的油画。

然而那一晚野火伯伯讲的《西游记》,我只记得其中的人参果了。如今我可以推断出他那一晚讲的是唐僧师徒大闹五庄观那一节。

野火伯伯说书的本事,倒不在于他的记忆力和表达能力,而在于他能快速地抽取主要情节,并把准确或不准确的细节流畅地拼接在一起,对听众的吸引力丝毫不减。

最最难得的是,他要把半文不白的明代汉语全部转换成南汇方言,且不丢失半点原作的趣味和表现力。

如果被给予受教育的机会,不知这样爱读书的农人会不会有不一样的人生?而野火的梦想是越来越远了,我读大学后,回家听母亲讲,小野火如今也没什么活干,只一门心思捕野生甲鱼,已是闻名四遭的捕鳖高手。我只是很疑惑,他这么高度的近视眼如何能发现甲鱼的蛛丝马迹?但野火就是这样的一个传奇。

等野火伯伯讲到菩萨用净瓶里的甘露救活了人参果树,也该是告别明月清风的时候了。听众们如梦醒般站起身来,陡觉身上的衣衫已太过单薄。

广阔的夜空星河灿烂。夜风已然很大,猛地一下把柳树吹得哗啦啦响。

南汇的四季

香气满溢的节日

　　儿时的端午是一个充满香气的节日。

　　在五月初五到来前好些时候,芦苇就已经亭亭地林立在河岸了。草青色的苇叶,飘逸轻盈,层层叠叠。听姐姐说,现在乡下的芦苇也少了,苇叶成了稀缺物品。在我童年的乡村,这是不可想象的。每一条河的岸边都有芦苇,密密匝匝,从岸上长到水下,长到你手够不着的地方。自从冰箱出现,人们一年四季都可以吃到粽子了。但我总以为陈叶包的粽子香气就淡了,要以浓油赤酱的肉馅来激发食欲。如今市售的一些粽子甚至用的不是苇叶,而是来自山间的箬叶,香气又逊一筹。

　　现摘的苇叶包的粽子,有一股浓郁的天然香气,再好的馅料,在这种香气之下都是逊色的。

　　包粽子的苇叶在家乡有一个好听的专用名词——芦

箬("箬"在本乡念作"娘")。摘苇叶也有一个好听的专用动词——挽,因为远端的芦苇要挽过来才能摘得。

芦箬通常是妇女亲自去采摘,因为她们知道什么样的芦箬宽窄、软硬最合适。但我也会,选一枝完整的芦苇,取其上端长到向下弯折的叶子,叶面光洁,有一寸半宽,总是好的。

挽好的芦箬稍稍用水洗了,浸在木盆里就可以用了。如今姐姐却说放在冰箱里冷藏两天,包时更不易破碎,这或许就是现代生活的便利吧。

包粽子在本乡称为"裹粽子",我觉得也是非常贴切的。用三张芦箬(若是宽阔的芦箬则仅需两张)挽个小斗,放了满满的米和馅料,用芦箬将这个小斗"转弯抹角"地包裹起来,直到用稻草或棉线扎成一个坚实的三角粽,这就是一个"裹"的过程。

如今市售的粽子,比如嘉兴肉粽和青浦朱家角的粽子,都是长条形的四角粽,而南汇的粽子虽也有四个角,但却是明显的三角锥形。作家苏童说,他祖母包的小脚形状的粽子是世界上最好看的粽子,本乡裹的就是这种

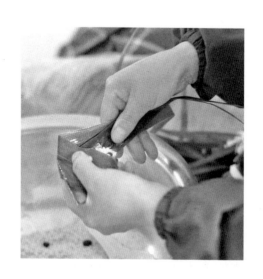

裹粽子

粽子。你看它小巧紧致的模样,三缕叶尖飘然垂落,教人怎能不同意苏童的结论呢?

通过会不会裹漂亮的三角粽,可以辨识一个乡村女子是否聪敏好学。在所有的乡野点心的制作中,裹粽子是最需要技巧的。没有灵巧的双手、好学的劲头和足够的耐心，是很难学成的。比如我妹妹直到 2016 年的端午节才宣布她会裹粽子了，而我姐姐很早就裹得很好，甚至比我母亲裹得还漂亮。

以我的观察，裹三角粽的要领在于两手须分秒不差地紧密配合，每时每刻都要保证芦箬在紧绷的状态，包折的角度、力度要恰到好处，且须一气呵成。

裹粽子如今都是用糯米。母亲说，早些年糯米不常见，农家有时就裹麦粞（麦粉）粽。我并不曾尝过，但有芦箬的清香，应还是好吃的。

此前有一篇流传甚广的网文称，粽子的地域区别是北甜南咸，但我不同意。以本乡为例，粽子大部分是甜的。常用的馅料有绿豆、红枣、蜜枣、花生等，也可自由搭配。绿豆粽、花生粽本身是不甜的，除了清香，稍嫌寡淡，但只须配一小碟白糖蘸了吃，味道便大大不同了。

如今农家裹鲜肉粽也很多，但在猪肉还很稀罕的童年，咸肉粽是唯一的荤粽。

早年我家裹粽，还会用一些特别的馅料，比如草头干、马兰头干，也可与花生或咸肉搭配。草头干、马兰干本身就有特别的香气，和了粽叶煮，更是香气四溢了。

这些年我吃母亲或姐姐裹的粽子，总感觉色味较之童年要欠些。也许芦箬在冰箱里冰过是一方面，另一方面应该是火候的关系。

现时裹了粽子，多放在煤气灶上煮，一个小时就可食了。但在我童年时代，粽子是要在土灶上煮整整一晚上的。端午的前一天母亲总是很忙，到晚上一大篮粽子就裹好了，倒进大铁锅都能满出来。当晚先煮上一个时辰，然后让它在锅里闷着。初五的凌晨，父亲会起来添几次柴，这叫报火（音），目的是让粽叶的味道更浸透些。

等到端午的早上，整个厨房都是粽叶扑鼻的香气了。这个时候的粽子，颜色已经变成深棕色，表面泛着一层淡淡的油光。而我们不待它们被盛出就要下手去捞了，因为有那三根叶尖，倒不会烫手。我喜食红枣粽和咸肉粽，但下手前得向母亲问清它们各自的标记。当不同馅料的粽子一起混煮时，母亲会将三根叶尖剪成不同的形状以作区分，比如平的、斜的、一长一短的。有时我揭开锅时

粽香扑鼻

就糊涂了,剥开来一看不是自己要的那种,但只能硬着头皮吃下去。

其实端午节最好吃的不是粽子,是蛋。

早年我家煮粽的时候,会放入十几枚鸭蛋,和粽子一起煮到天亮。与茶叶蛋不同的是,粽子里的鸭蛋,直到最后也是完整的。当你不顾手烫捞起已煮成茶色的鸭蛋,小心敲破,剥开蛋壳,里面的蛋白已是苇叶的绿色,通体光洁如碧玉。轻轻咬上一口,融合了粽叶的香气迸发开来,其中滋味,无法用语言来描述。

这样好看的鸭蛋有如一个艺术品,我们也舍不得立时放进嘴里。家乡在端午时有勾彩线蛋兜的习俗,儿童将和粽子一起煮好的鸡蛋、鸭蛋装入其中,挂于胸前,是别致的风情。

但儿童是不会把蛋仅仅当成一个坠饰的,我们会玩斗蛋,看谁的鸡蛋或鸭蛋壳硬,输了也不哭,正好可以剥壳吃了。上小学的时候我们甚至会挂着蛋兜去上学,然后和同学斗蛋。当年有一个家伙的鸡蛋特别硬,撞碎了所有的对手。最后被揭发他手里握的是一颗鹅卵石。

在我童年印象中,端午节就是吃不完的粽子还有碧绿喷香的鸭蛋。但母亲说南汇端午节是另有一些习俗的。

比如早起把锅里的粽子水洒在四面墙根,可以防蛇虫百脚(蛇和蜈蚣)。此一风俗有其奇特的依据:芦苇是蛇的娘舅,打蛇只须用芦苇抽一下,蛇就不动了,所以对粽叶煮的水,蛇也是敬畏的。

祛毒除病的艾蓬(艾草),在端午时节是乡野随处可见的野草,折几枝挂到门上,是最方便不过的事。

端午早上还有拜灶神的习俗,桌上置三个素粽(灶神是吃素的),点三炷香,祝愿当年风调雨顺,有吃有喝。

旧日乡间还有端午祈福的游戏。取一碗水,食指向上平放一根针,轻轻将其浮于水面后移开,观察针的哪一端先沉。如果是针眼一端先沉,那么今年就有好运气。此游戏非常像古代七夕节女孩们投针乞巧的风俗。

观各地端午风俗,常有端午节儿童腕系五彩绳的描述。在母亲的提醒下,我记起乡下也有以彩线缠纸粽的习俗。用硬纸板折成一个三角粽的样子,在其上细细地缚满五彩丝线,或悬或挂,端午的色彩立时就明亮起来。

春凳与河鲜

在任何一家饭店吃饭,如果可以选择,而且天不是很冷或很热的话,我总是会选择在室外用餐,享受阳光、风景和自然的风。这很可能是儿时生活对我的影响。

三十多年前的上海郊区,再热的夏日,到晚上也会凉下来。

经常到傍晚的时候就已经凉风习习了。为了享受这舒爽的风,夏日的晚餐我们总是搬了桌椅到场地上吃,而落日和晚霞,是我们这"天字号包房"的背景墙。

露天吃饭,我家经常用一张春凳做餐桌。春凳现在已经很少有人家用了,其长可坐三人,宽约一尺半,方方正正的,常饰以精美的线条和雕花。据说春凳在春天时可搬到室外坐,故得其名。又有一说认为春凳是春宫画中的常见道具。《红楼梦》第三十三回写凤姐骂丫头媳妇:"糊涂东西,也不睁开眼瞧瞧! 打的这么个样儿,还要揽着走! 还不快进去把那藤屉子春凳抬出来呢。"众人听说连忙进去,果然抬出春凳来,将宝玉抬放凳上。不过《红楼梦》里的这个春凳,凳面应该是篾制或藤制的,抑或是某种躺椅也未可知。

当然,露天吃饭,蚊子的问题不得不提。其实东南风劲的时候,蚊子是会被吹跑的。有蚊子也不怕,记得早年是在春凳下点盘蚊香,后来洒花露水比较多。在老宅的时候,父亲还有一个驱蚊土法,就是在上风口点燃一堆半干的稻草,但不能有明火,只起烟,熏蚊子。当然我们免不了也被熏出眼泪来。

夏天的农家餐桌是四季里最丰盛的。

时蔬就很多,落苏(茄子)、黄瓜、冬瓜、豇豆、扁豆,但我们的做法只是清炒。偶有将落苏蒸熟了撕成条,拌麻油与酱油吃,也别有风味。

汤也有很多选择。比如丝瓜毛豆蛋汤、草头干豆瓣(干蚕豆)蛋汤、雪里蕻咸菜洋山芋汤、雪里蕻蒸粉(一种半透明、口感顺滑的豆制品)汤等,要是加点肉丝,就更鲜了。

通常还有一两碗杂菜或咸菜。比如盐水老蚕豆、盐水花生、盐水毛豆、自家腌的酱瓜和咸蛋、阿桂福伯伯送的盐姜之类。这个时节,餐前或餐后经常还有一大盆新结的玉米,香糯可口。

除了咸菜、干菜,其他菜都是饭前从屋前屋后现摘的。所以父母的厨艺虽差强人意——我父亲甚至稍好些——但回忆儿时的夏日晚餐,印象中仍然是美味可口的。

其实夏日的大餐是鲜鱼,通常是父亲白天摸鱼的收获。

这鱼的烧法如今我们经常在农家乐的菜单上看到:烩杂鱼。把各样的鱼刮鳞剖腹洗了,放锅里略煸一煸红烧。似乎除了菜油、酱油(以前农家只有老抽一种)、料酒、盐,有时会加蒜瓣或蒜叶,再无其他。但最新鲜的野生鱼,即便只以家常的手法煮了,那种鲜味、那种香气,也是任何高明的烹饪法难以复制的。

而碗里最好吃的,是河虾、昂哥(昂刺鱼)、蒿虎(塘鲤鱼)、黑鱼四种。

　　儿时常吃的大河虾，如今很少见了。这种"老脚河虾"就是齐白石画里的那种，螯比身体还长，全身墨色，长可达半尺余。烧熟了，全身通红，煞是好看。剥了壳，肉色洁白，清香扑鼻，弹性十足而不老，是上等的河鲜。

　　而蒿虎、昂哥、黑鱼的好处也在于肉质紧致而有弹性，且几乎没有刺。它们身上更有河鲜中的极品美味，即头部两侧的两小块所谓"面孔肉"，总被我们姊妹三人一一分而食之。"面孔肉"口感细腻嫩滑，在鱼汤里蘸一下送到嘴里，让人感觉做一个水乡的孩子实在幸福无比。

　　我们乡下有个说法，鱼子吃了要变笨的。但我们乡下儿童不爱学习，照吃不误。红烧鱼的鱼子，比如鲫鱼的、昂哥的，都是极鲜美的，口感松而不散，脆而不硬，蘸了鱼汤吃，又是一等美味。

　　在乡下吃总是方便。蔬果是"立等可取"的，甚至河鲜也是"立等可取"的。父亲经常说起他年轻时"踩蟹"的美事，令我神往不已。

　　父亲说，夏天的时候，有时觉得晚上的菜不够，他就拿个脸盆下河去了。只须顺着河底走，感觉到脚底踩到一个芦粟根一样毛乎乎的东西，一个没没头（潜水）下去，一只大河蟹就抓到了。如此走上半小时到一小时，一脸盆的蟹就满了，全家晚上又多了一道鲜美的大菜。

另一样"立等可取"的河鲜是螺蛳。螺蛳在我儿时的河里是极多的，有时父亲把一个水桥下的石块撸一遍，一餐的螺蛳就足够了。

抓来的螺蛳，我们还要挑选。只拣个儿大、品相好的青壳螺蛳，一个个用老虎钳剪了尾，在脸盆里养上一下午，到晚上就可以炒了。

我们家做螺蛳通常爆炒后红烧，加酱油、盐、料酒、一大碗水，最后撒点葱花。这样做出来的螺蛳汤头很足，颜色不是很深，青壳还是青壳的样子，但很鲜很入味，肉一嘬就出来。

螺蛳在我们乡下还有一种特别的吃法，至今我未听说有相同者。其实方法极简单，挑个儿大的螺蛳，加了水和盐，煮熟即好。此种烹调法本乡称"zha"，类似粤菜中的白灼，因此我也疑"zha"是"灼"的南汇发音。而且这螺蛳是不能剪尾的，只为保留它全部的滋味。

螺蛳煮熟后和了汤端上,吃法就是用缝衣针拨掉盖子挑肉吃。这螺蛳经过盐水煮,露出水面的壳上有一层白白的盐花,烫烫地捉来,挑出其中大块的肉,小心塞进嘴里,满满是螺蛳原本的香味和鲜味。白灼的螺蛳,连肠胃的部分都是干净而白的,小的时候还会吃其最上面的一段,口感脆嫩,比螺蛳肉还好吃。

我有时吃白灼螺蛳吃得兴起,会忍不住喝一口汤,咸是咸了点,但实在是鲜极了。

白灼螺蛳说简单也不简单。一定是要当日捉来的新鲜螺蛳,且要个儿大而干净。只此两样,今日便很难做到了。

而有这么好的河鲜,父亲一般是要喝点啤酒的。记得最早时父亲喝的是上海牌啤酒,后来有力波啤酒。早年也没有冰箱,少了冰爽的滋味,但看父亲的样子,应也是极享受的。

我们在夏日的傍晚把饭桌搬到场地上,还有个好处是方便乡邻们来聊天。

可能我家吃饭比较晚,常常是我们还在吃的时候,宅上吃得早的阿奶、姆妈、娘娘、伯伯、爷叔就踱着步来聊天了,有的人还嚼着一根玉米或半根黄瓜。他们只是很随意地拿一个小板凳在边上坐了,摇着蒲扇看我们吃,和父母有一搭没一搭地聊。凳不够了,我们小孩就跑进屋去搬一张竹椅或小板凳出来。

就这样在昏黄的灯光下吃着喝着聊着,突然春凳上落下一点点的雨星子。不过零星的小雨,是完全不影响我们晚餐和聊天的兴致的。但很快地,豆大的雨点噼里啪啦地砸下来。乡邻们顶着蒲扇四散跑了,我们七手八脚地往屋里转移大碗小碗、桌椅板凳。

一场夏日的露天晚餐,意外又平常地结束了。

儿时味道不可道

每到夏天,我都会怀念家乡那些名不见经传的土瓜土果。

春天的时候,农人在宅前屋后的菜田里留出一畦地种上几株瓜秧,或者种在棉花地里。谁家也不会卖,只当作夏日消暑解乏的水果。

在这些乡土的瓜果中,我对野猫瓜情有独钟。

野猫瓜是一种黑色或深绿色条纹的甜瓜。不知道名称的来源是什么,可能由于皮色接近野猫吧。大者可有一尺余长,四五斤重,椭圆形。但野猫瓜注定是不能走出乡村的。因为它的皮特别薄,一掐即破,绝不同于今日市售的白兰瓜、哈密瓜等品种。野猫瓜难以商品化的另一个原因是果肉层也很薄,仅一指厚,整个瓜几乎是中空的。但此瓜有独一无二的口味,香气清新,肉质白色或象牙色,口感爽脆细腻,略似莲雾,但水分更足,甜度也很适当。我小的时候,吃野猫瓜是连皮一起吃的,连香甜的瓤都不肯放过。

和野猫瓜口味接近的是菜瓜,胖胖的椭圆形,表皮上有一条一条的棱。菜瓜肉质要厚些,也是极嫩的,可连皮一起吃。但菜瓜甜度很低,连糖尿病人都可以吃。

另一种夏日佳果是小甜瓜,土名唐家梨头(音,有一种说法是糖搁里头)。这种土瓜显然上不得台面,灰黄色,仅苹果大小的个头。但别看它貌不惊人,切开来,香气馥郁,尝一口,甜到心底,熟透的时候最好吃,感觉要胜过市售的任何一种西域或外国的甜瓜。

还有一种特别的土瓜名水生瓜,长条形,长可至两尺,胳膊般粗细。水生瓜可生食,但味清淡,几乎没有甜味。其最大的功用是腌作咸瓜。对剖,去瓤,晒干,用盐渍了,然后捞出来再晒,再腌。咸瓜口感清爽,又有嚼劲,下粥、茶淘饭是最好的。闻名上海的三林塘酱菜,其中一道酱瓜便是以水生瓜制成。

如今乡下农民的土地越来越少,除了种点蔬菜,几乎

瓜果丰收

没有空间留给野猫瓜、菜瓜了。母亲也只是有一年没一年地种，真要吃瓜，在乡下买那些外来品种的甜瓜也是很便宜的。只怕再过几年，再也没有人为这些流传了几百年的乡土瓜果留种了。

秘藏于乡间的夏日佳果还有玉露水蜜桃。虽然南汇以水蜜桃闻名，但今日市场偶能一见的仅大团蜜露、半斤桃两种，口感最佳的玉露水蜜桃几乎从未见于市区的市场。盖因它实在太娇气了，根本经受不起超过十公里以上的运输。玉露桃皮极薄，轻轻一碰就破，手指一按就是一个印子。因为没有市场价值，所以种玉露桃的果农越来越少。但在我心目中，玉露桃才是名副其实的水蜜桃。软熟后，皮可像鸡蛋壳一样整体剥去，果肉光滑如羊脂玉，柔软多汁，入口即化，甜度很高，香气迷人。实话实说，论品相个头，南汇玉露桃要逊色于无锡阳山水蜜桃很多，但实际的口感，我以为更胜一筹。

再说西瓜。如今上海每个卖西瓜的摊位都要在硬纸板上写一句"南汇8424"。但即便正宗的、自然成熟的8424，仍不是南汇顶级的西瓜。至少我家种过的伊选西瓜,其各项指标都要高于8424。伊选的品种来源已不可考,但似乎非常适应南汇的沙土,品质极高。伊选外表花色较淡,瓜形不大,一般在六七斤左右。此一品种最终没有成功推广的原因和野猫瓜玉露桃一样:极不耐运输,产量也很低。此瓜成熟之后,你摘下来,往地上稍稍放得重一点,啪的一下就裂开了。更夸张的是,天上打雷,它会"炸裂",放在家里,还会"自爆"。一切都因为它的皮太薄、太脆了。伊选的瓜瓤是粉红色的,有细沙的纹理,籽不多,小而黑,肉质沙中带脆,最大的特点是水分极多,甜度极高。在阳光下自然成熟的伊选西瓜,可以满足你对西瓜的所有想象。

我还想写一写芦粟。此物其实是高粱的一个变种,但顶部的籽实比高粱小很多。吃法如甘蔗,去皮,嚼汁后吐渣。巧手的村人能把撕下来的一片片外皮,编成一个漂亮的灯笼。芦粟吃起来清爽甘甜,但薄而硬的皮很容易划破手。如果流了血,也不必紧张,只须用指甲刮取芦粟近根处老节周围的一圈白霜,抹在伤口上,立时就止血了,堪称"南汇白药"。

芦粟品种有红皮芦粟、甘蔗芦粟、芦竹芦粟、小籽芦粟等多种。小籽芦粟是周浦良种,特别高挺,可达六米以上,家乡有"周浦芦粟十八节"一说,但籽实仅一握大小,等籽完全黑了或红了,就是最甜的时候了。

如今我赞美这些童年时代的瓜果,难说其中没有"情感分"的存在。然而,即便大家品尝后认可我的描述,在农村城镇化、农业现代化、商品化的时代,这些薄皮的"乡土佳人",也终不免落寞飘零的命运。

再来讲日常的饮食。

人们一般认为儿时的味道是最美好的,哪怕咸菜也是。而我还真是这么觉得的。

咸菜虽只是小菜,但在早晚以粥为主食的南汇人家,制备各类咸菜、酱菜是非常要紧的。

除了前文讲到的咸瓜,本乡还有一种特别的酱菜,名盐姜。盐姜植株如向日葵,开花如菊。枯萎后,小时候的我们会折一截枯秆当烟抽着玩。盐姜即便在早年也很少有人家种。我家东头的新官爷叔家在小河坡上种了半分地的样子,每年到秋季刨土收获,总能得几大簸箕。如今有了网络,我轻易查到盐姜的学名叫菊芋,原产北美,后从欧洲传入中国,又名洋姜。盐姜几乎与生姜长得一模一样,它唯一的用途就是腌作咸菜。每到秋季,我父亲的好友桂福伯伯就会送我们一大篮混腌的盐姜萝卜干。盐姜甜中带咸,别有风味,而与其混腌的萝卜干,也更加美味。

另一种比较特别的咸菜是腌青菜,我们直接称作咸菜。比之韩国泡菜,一个用的是本地青菜,一个用的是大白菜,口感完全不同。我写这几行字的时候,居然口内生津,因为咸菜不仅咸,还相当的酸啊!咸菜一般是深秋时节腌制,一腌就是一大缸,一直可以吃到春上。这爽脆的菜帮子,在田野的淡季,拯救了农人早晚的餐桌。

除了咸瓜、盐姜萝卜干、咸菜,家乡还有落苏干、雪里蕻、榨菜、大头菜、咸蛋等各色咸菜。但自从我们子女都走出家门,母亲便很少腌咸菜了。腌了也没人吃,且是很费力的事。

我童年时代的饭桌可用朴素天然来形容。很少大鱼大肉,但乡村食品的多样性弥补了些许的不足。

比如我们烧饭的时候，若是在山芋收获后的几个月里，经常可以取一两个山芋，洗净了切成片，在饭镬的周边贴一圈，此谓旱（音）山芋。等到饭熟时，山芋片也变成一面焦黄一面杏黄，香气扑鼻。同样美味的是旱香瓜（即南瓜，本乡南瓜为长条形，形类瓠瓜）。旱过的香瓜，味道要远胜于蒸、煮、炒诸法，虽略少水分，但入口更绵软，更多一分香气。

我在写乡村饮食时，几个高中同学告诉我，不要忘了写麦闷（炒麦粉）啊！麦闷确实是一道典型的乡村休闲美食。做法是取小麦、圆麦各半，在铁锅里炒至黄熟，然后拿到轧米厂磨成粉，这就算做好了。吃时舀几勺放碗里，拌上白砂糖，口感干涩难咽，只那甜甜滋味和扑鼻的焦麦香让人欲罢不能。就像同学们提到的那样，吃麦闷必然是要打喷嚏的，阿嚏一下，就要下一场麦粉雨了。母亲说，有句老古话："球（蜷缩）紧风静吃麦闷。"意谓闭口不惹是非也。

土灶无疑是乡村饮食的灵魂。土灶的柴火，使多少粗陋的乡土食物变成可口的美食，单说饭糍（锅巴）一项，

土灶

再好的电饭锅也做不出那满满一锅底香脆的饭糍,其中犹以菜饭(本乡称咸酸饭)的饭糍为最佳。还有土灶烧的麦糍粥,凉下来后,表面会结一层红褐色的粥宁(音,指凝结于粥表面的粉皮),夏天呼噜噜一碗爽滑的麦糍粥下肚,顿感暑意全消,浑身舒坦。

虽然没有人参、膏方,但到了冬天,农家有自己的滋补品。

有一道简单美味的"硬菜",可以从冬至吃到元宵,这便是猪脚炖黄豆。三四十年前上海的冬天,要寒冷得多,一大钵猪脚炖黄豆因为胶质丰富冻得实在太牢,撬也撬不动。为得那一口美味,小时候的我要使上吃奶的力气。

另一样冬季食补佳品是鸡膏。杀一只母鸡,洗尽后煮到酥烂,去骨。然后与冰糖、红枣、桂圆、核桃(有时还有党参)一起煮,直到满屋飘香。鸡膏也是一大钵,冻得硬邦邦。虽父母限定只能每天早晨吃一小碗,但幸福的感觉却是"盆满钵满"。

一个农村孩子的饮食记忆,乡村的野果值得记上一笔。

儿时味道

夏日的草坡上有蛇莓可以吃。其实我并不知它的学名，其土名与它身为野生小浆果的"小清新"概念格格不入，也与它的近亲——草莓相去甚远，谓之蛇卵子草。但名称对儿童时代的我们并无妨碍。我记得曾在堂姐家屋后的河坡上发现一丛红艳艳的蛇莓，就势蹲在地上，一颗颗摘了直接往嘴里塞。蛇莓的果实很小，和蓝莓差不多大，深红色，形状像草莓，但更接近于球形，口味香气不及草莓，还带一点点酸。然而对一个乡野儿童来说，这已然是美味了。

夏秋之际还有一种土名牛水（牛尿）落丹的黑色浆果，喜长在房屋的周围，仓库场的周边就有不少。一串串地长，胡椒粒大小，水分少，籽还多，名称又让人狐疑，所以我小时候并不爱吃。

最美味的野果是秋日的落丹。如今我搜索网络才了解这个童年朋友的身世。落丹原产于中国，南北皆有，名称比较正式的是菇茑，其他还有酸浆、红菇娘、灯笼果、洛神珠等别称，但唯独不见记录的本乡方言中的落丹，我以为最好听。

落丹一般长于棉花地或野草坡上。植株矮小，果子外面有一层蝉翼般半透明的壳，像罩着薄纱的灯笼一般。剥开这个壳，里面是一枚樱桃般大小的浆果，未熟时是杏黄色，熟了转鲜红色，好看极了。吃起来酸酸甜甜，风味绝佳。

几年前我曾经在水果摊上买过好看的灯笼果。个头比小时候在棉花地里看到的野生落丹要大很多，但实际的口感，却又平淡了不少。

「捉瞒端」——打嗝

自 然 之 子

　　我忘了什么时候了,十五六岁吧。不知道为什么在桥边,也许在钓鱼,抬头突然看到一团巨大的、层次感极强的白云飘在眼前,扔个石子仿佛就能打到。而四下的蓝天里,似乎就只有这一朵云。我就这样和它对峙了好久。在我的记忆里,这是关于夏天的一个永恒的画面,悠闲而安宁。此后无论我走到哪里,再也没有见过这样的云。这么白,这么近,这么圣洁。

　　一到夏天,放了暑假,我们就是乡野的巡逻兵。五六个小孩,漫无目的地到处游走。嗯,也许只是我忘了,他们每一次出发都目标明确。比如抓知了,比如去"看看"某块地的瓜熟了没有,比如到康宝英姆妈家看彩电——这是她去海外工作的丈夫带回家的大件,看《动物世界》的效果不知比武董家的黑白电视机好多少。但最经常的乐子就是游泳。有时走着走着,就像一群鸭子一样,扑通扑通都下了河。

我们不用挑哪里水干净,哪里都是干净的。也不用换泳装,全身仅有的一条三角裤就是泳装。在夏日的大太阳底下,干了湿,湿了干,都是一会儿的事。

南汇乡下的男孩,几乎个个都曾差点淹死。我也经历过那么两三次。有一次在一个浅浅的洋荡(河汊)里戏水,不知哪根筋搭错,把脸埋进水里转圈,然后人突然横在水中了,根本无力挣扎,似乎也不想挣扎!万幸脚触到了河底,我站了起来,像做梦一样。后来看到新闻里说有儿童在游泳池的浅水区溺死了,我不奇怪,我知道这是怎么发生的。

在乡野里成长,就像在非洲大草原上生存一样,父母都是铁石心肠。有一天我和很多孩子一起在河里戏水,我在水浅的岸边扑腾着玩。此时站在岸上的母亲竟然指挥堂哥卫平把我扔到河中心去。我大惊失色,手里正好摸到一只河蚌,一边哭喊着挣扎,一边用河蚌猛砸卫平的头。但我还是被扔到了河中央,我瞬间闭嘴,惊恐万状地拼命刨水。似乎就是从那一天起，我学会了游泳。

学会了游泳就可以去二号河。那是一条人工河，又宽又深。二号河与老港河交汇处有一座简易的水泥板桥。曹家宅的男童阿军，胆大无比，只有他敢张开双臂从离水面五六米的桥上一跃而下。而他的狂野，也让我们乡野的玩耍终于有了一丝英雄主义的气息。

学会了游泳就可以去捕鱼。

通常是用丝网，每隔十米或二十米下一道网。然后怎么动静大就怎么游，使劲把鱼往网上赶。鱼有没有，一提网就知道。有鱼的话，网会有力地扯动。我们小心翼翼地把网提出水面，经常在这个时候，哗啦啦一下，鱼跑了，只给我们留下一脸的河水和懊丧。

在各种捕鱼的方式里，我更喜欢钓鱼。

钓鱼设备大多是自制的。截一根竹子，削一节竹枝，套在一起，就是弹性十足的鱼竿了。浮标是用鸡或鸭的羽毛管做的，就是翅尖上最长的那几根。剪了毛，取中段剪成一两厘米长的一粒粒，然后用缝衣针穿一下就可以过线。童年就有强迫症的我，如果碰上针不是从对面正

水乡之子

中间穿出,这颗浮标我决计是不要的。反正我有的是羽毛,有的是工夫。

村子周边的每一座桥、每一片可以从容站立的河岸,都留下我持竿呆立的身影。不过我的钓技平平。整个少年时代,我钓鱼的收获能做成一道菜的次数少之又少。

我只是非常享受这个与大自然无限亲近的过程。在河边静静地坐着,整个人似乎要融进白亮的太阳和一阵阵的凉风里。水是极平静的,偶尔跃起的鱼,是持续愚弄我的诡计。有时是一只红蜻蜓落在我的竿头,有时是一条水蛇在远处仰着头甩着"S"形悄悄渡河。有一次竟然是一只野兔,突然从我身边的豆田里蹿出,跳进水里很快游到对岸,抖抖水回头瞪着我。我惊讶极了,但只一两秒,它倏地消失了。

此后我再也没有见过它们的身影。

童年的大自然,或者说鱼,都是出其不意的。一天我在仓库场北边的老港河钓鱼。下钩不久,感觉有鱼咬了,我抽起来一看,什么也没有,再看鱼钩时,心里一紧:鱼钩上的红蚯蚓不见了,代之以两条已经发白的死蚯蚓挂在鱼钩上。我刚刚开始钓,河底哪里来的死蚯蚓?是什么东西吃了我的活蚯蚓然后又挑衅似的"还"我两条死蚯蚓?而且还能整整齐齐地挂在鱼钩上?

我至今不能解释童年时代的这一奇遇。但我并不害怕,在我的眼里,乡村的大自然充满魔力。那些小小的奇迹,是它的拿手好戏。

我这种参禅式的钓鱼在乡村是无意义的。我们的晚餐需要很多很大的鱼。

而父辈们的方式简单粗暴:下河摸。

摸鱼通常五六个人组成一队,穿上破衣破裤,背上篾箩(音,指竹制的鱼篓),拿上长长的木榔头就出发了。他们一般去一个下午,会去到很远的野河里。

摸鱼的要义就是依仗人多势众把鱼吓晕吓傻。先用木榔头在河中央敲几下水,再用脚踢踢。大伙一起这么做的时候,鱼一定觉得天崩地裂末日降临了,会本能地逃进河岸边的水草、茭白棵里。这时蹲下身子,以双手作势向上围捕便可有收获。

当然一般人是无论如何也做不到在水下徒手抓住一

条鱼的,这是我们水乡汉子的绝活。摸鱼还有一个小小的技巧:要是被长着三根硬刺的昂哥刺破了手指,只须往伤口上浇一泡热尿,很快就不疼了,可继续摸鱼不误。

快傍晚的时候,父亲和乡邻们全身湿透背着沉重的篾箩回家。这个时候是我们姊妹三个最兴奋的时刻,看父亲把鱼儿哗啦一下倒在水泥地上,黑背的大鲫鱼、咕咕叫的昂哥、鲤鱼、黑鱼、蒿虎、大河虾……有些还活蹦乱跳。我们蹲下来观赏,拨弄,期待着一会儿的河鲜大餐。

而这时,西天已经层云如黛,知了无力地叫着最后几声。盛夏的晚餐,很快就要开始了。

精灵速写本

郊野的乡村每时每刻都是生灵的派对,但当我赶到时,有一些已经开始退场了。

那一天我放学来到阿福家田——我们生产队的每一块田都是以姓氏或人名命名的,其他还有朱家田、谈家田、富家田、长根田、老人田等,本乡直率的农民从来没有想过通过改名淡化其曾经的私有属性——的池塘边,分明看到半截黑白相间的蛇身悄无声息地滑过草丛,然后消失无踪。虽然我从此再也没有看到过,但我可以确定地说,南汇曾经也是美丽的银环蛇的家园。母亲说,这还用怀疑,那就是秤星蛇啊——秤杆是黑的,刻度是白的,很形象——早些年很常见呢。

还有一些黑白的生物在缤纷的乡野里展示它们酷炫的美。

比如我非常喜欢一种黑白条纹的野蜂，比通常所见的蜜蜂要细小，堪称迷你，但特别漂亮。嗯，它出手也是非常冷酷无情的。

仓库场后面一排临河的槿树上，每年都会看到一群白甲黑点的小天牛，最大不过指甲盖长。这个可爱的品种，至少我在相当专业的"上海昆虫"app上没看到记录。

还有一种黑白的青蛙，土名老黑背，肚子是白的，背是黑的，四腿有美丽的黑白花纹，个头比一般的青蛙大。此蛙通常栖息在干净通风的地方，偶尔在水草的叶面上。端庄冷酷，俨然青蛙里的贵族。

鲁迅先生在《从百草园到三味书屋》里描述的斑蝥也是有的。你按住它，它就放一个屁，喷到手指上，会感到一阵灼热，并留下一团黄斑，散发刺鼻的臭味。我们最爱玩一种叫"剥剥跳"的小甲虫。它全身黑而坚硬，头部和身躯间的关节非常强健。你把它翻过身来，它抬起头，几对爪子一阵乱舞，感觉翻身无望，就迅速地躺平，然后"啵"的一声高高弹起，"啪"的一声摔在桌上，这时它大抵能翻过身来。刚溜几步，又被我们捉过来，演够了才给走。

有种昆虫居然神秘到我长到十岁左右才一睹其真容。某一天采药人来到我家,在灶间的土里一阵扒拉,捉出几只地鳖虫放进小瓶,黑色,圆圆扁扁的,一颗围棋子大小。采药人只说这东西可以入药,道一声谢就走了。写此文时上网查了下,果然此物有活血散瘀、接骨续筋的功效,如今已是非常珍稀的药材。

夏夜的纺织娘(螽斯)是美丽的精灵。当你听到纺织娘沙沙沙、沙沙沙的鸣声,悄悄走到它跟前,简直不能相信一只小小的昆虫能发出如此洪亮的声音。当你的鼻尖几乎要碰触到它那轻盈的长须时,沙沙声骤然停了,就像灯光熄灭在黑夜里。

最富浪漫气息的昆虫是萤火虫。

童年时代萤火虫也不能说经常见,因为小孩到晚上就不去水边田野了。偶有一次相遇,总要静静地驻足许久,沉醉于这大自然神奇的灯光秀。它们静寂无声,自由自在地飞舞着,点点黄绿的光,倒映在黑绸般的河水里。那时候我家门前的河水清亮透明,两岸草木繁茂,确是萤火虫理想的居所。

印象中等我上了中学,就再也没有见过老家的萤火虫,一晃已是三十年。

河里也有古怪的生物。比如呱鳅(音),半尺长,乡人不食。钓鱼时总爱咬钩,钓上就满地蹦跳着翻滚,都下不得手去摘钩子,因为它的背鳍长了一长排硬棘。

还有一种鱼名字就很怪——鲫鳑鲅鱼,一两寸长,也不可食,但比呱鳅可爱得多。眼睛是红的,有像孔雀鱼一样舒展的尾鳍和胸鳍,鳞是七彩的,是淡水河里罕见的观赏鱼。

特别想提一下,直到1970年后,南汇地区才偶有关于小龙虾的记录。我第一次在舅舅家见到小龙虾时,觉得它是个怪物。当时还把它装进水瓶里捧回了家。不过几年的工夫,老家的河里就龙虾泛滥了。最巅峰的时候,我用一个手提式的龙虾网,在阿国兴家的水桥边一次捞上来三四十只大个儿的龙虾。其实南汇乡下人不爱吃小龙虾,然而城里人爱吃,且越来越爱吃,近年乡下的河道里小龙虾又稀疏不可寻了。

鸟儿自然也不少。有两只白头翁(白头鹎)每年会到我家门前的黄连树上采和青枣一样一串串的黄连果吃。偶尔可以看到极艳丽的绣眼在河岸的树荫下掠过。僻静的水田里,可以看到长嘴的田鹬在悠然觅食。因为南汇邻近海边滩涂,秋天总有成排的雁鸭飞过,而且总在黄昏的时候。

所有的鸟儿里我最喜欢黄瞪鸟(音,指棕头鸦雀)。圆乎乎毛茸茸的,总是几十只上百只集体行动,叽叽喳喳的,从一丛干枯的芦苇呼啦一下扑进另一丛。虽然它们经常"仗技欺人"飞到我面前仅一两米的地方,但我从来没看清过它们,因为黄瞪鸟们永远永远都在欢叫着,扭动着,闹腾着。如今乡下的芦苇丛已经很少了,我也数十年不曾见过黄瞪鸟灵动可爱的身影。

乡下的生物真是不胜枚举,有一些品种我以为是很稀罕的。比如通体墨色的蜻蜓、粉红色的金龟子、生活在柴堆下没有眼睛的老鼠、只在本宅小河里可见的粗短的缸鳅(音),还有一种椭圆形不到两寸长的河蛏。我特别怀念一种南汇本土的牛蛙——江北田鸡。江北田鸡呈黄褐色或黑色,形貌介于青蛙和蟾蜍之间。父亲说,他小时候见过最大的江北田鸡,乍看以为是一大坨牛屎,大得不可思议。江北田鸡叫声与青蛙完全不同,浑厚低沉,却可穿透整个夏夜的天空,但这个声音也已经沉寂很久了。

然而我对生物们的欣赏和赞美又似乎是虚伪的。因为整个童年时代,我就是动物世界的公敌。我有一把手制的粗铁丝弹弓,有锋利的小鱼叉。我还有四五个淘伴(小伙伴)。闲着的时候,比如说假期里,我们手持利器巡游于乡野,每天都像一场郊猎。

油菜花初开的时候,可以把身子还麻木的土蜂从墙缝里"销"出来。再过一阵子,用芦苇折个三角粘上几层蜘蛛网,就可以捕知了。曾把知了架在火上烤,虽然背上有大块的肌肉,但味道只能说"很特别"。夏夜的时候,端上手电,握着鱼叉,去凿(刺)河滩上乘凉的青蛙,又被突然照见的一条盘起的土灰蛇(蝮蛇)吓得倒吸一口凉气。冬日极冷的夜晚,拿个手电、举个网兜,去捕捉躲在草屋檐下取暖的麻雀。有时弄出声响惊动了屋主,大伙儿在寒风里四散而逃。

但无论我怎样夸耀自己的弹弓多么强劲,射术多么精准,并且有种种的手段对付狡猾的小动物们,在精灵们的眼里,我只是一个可笑的莽夫。

当布谷鸟的催促声响彻整个村子,我和好伙伴小建平赤脚踩进准备莳秧的水田里抓青蛙。小建平一低头就抓到一只,一低头就抓到一只。但我走来走去,把身子伏得很低很低,水这么清,怎么就是发现不了它们呢!直到初三体检时才知道,我眼睛色弱,青蛙本来就有保护色,半个身子往泥里一钻,我就瞎了。由此也搞清了另一桩悬案。有一次我捏着弹弓带几个淘伴打鸟,阿忠、武董他们齐齐指着苇丛说,那里有只黄鹂!我说哪呢?那儿呀!哪儿啊?那儿!看不见……

我虽然用鱼叉成功凿到过一条守护小鱼苗的黑鱼——抱歉,任何狩猎都是残酷的——但我却怎么也凿不到清晨依附在水草边的鲫鱼们,虽然离得特别近,虽然它们几乎静止不动,虽然我对自己的准头从不怀疑。直到我学习了光在水中的折射原理,才叹服科学果然是第一生产力。

「唰腊」——帅气;精神;活儿干得漂亮

麻雀们虽有不少殒命于我的手下,但我从来没有真正征服过它们。就像鲁迅先生小时候在百草园玩的游戏一样,我也在家门前的场地上支一个脚扁,拉一根线,用来捕麻雀。我好几次成功把雀儿们罩在里面,但我极少能把它们握到手中。因为你刚把脚扁抬起露一条缝,它们就哧溜钻出来飞走了。

虽然我的整个童年时代都在与生灵们斗智斗勇、互相伤害——不知被虫咬了叮了、被蛇鼠恐吓是不是也算——但话说回来,除了用于食物,比如捕鱼、捕蛙,或者偶尔的好奇,比如烤蝉,我并不滥杀生灵。大部分的时候,是捕捉来观赏、玩耍。

南汇的风俗是善待生灵的,甚至会保护一些寓意吉祥的生物,比如家燕。哪户人家的屋檐下筑了燕巢,那是旺宅的好兆头,所以燕子是受人欢迎的。家乡有一个说法,打死燕子是要长叮疮(疥疮)的。但有那么一次,我在和淘伴们玩耍时,不小心误杀了一只停在电线上的燕子。我这个动物界的头号公敌第一次紧张了,忏悔了。我和淘伴们找了个地方,恭恭敬敬把燕子埋了。

虽不敢说放下屠刀立地成佛,但于今我是一个自封的动物保护主义者。我在可能的范围里尽力呼吁保护野生动物,支持护鸟拆网的动物保护志愿者。我努力告诉更多人自然界的生灵是多么美好,它们比人类更早生存于这片土地,它们是传统乡土文化不可或缺的一部分。有了它们,乡村的土地才充满生机,美丽而神奇。

鼻 尖 上 的 春 夏 秋 冬

我童年时代的南汇乡村是四季分明的,而且每个季节有每个季节的色彩、气息和风的力度。

说起乡土的气息,有一次和友人聊天,他深有同感。他说,有时在某一个地方,突然闻到一种熟悉的气味,那些与气味相关的已经模糊或遗忘的场景,瞬间鲜明起来。

我以前看一位俄国作家的散文,印象最深的是他对俄罗斯辽阔大地上各种田野气息的细致描述,充满了深情和迷恋。只是"苦艾的新鲜苦味、荞麦和三叶草的甘香"难以激发我的想象和共鸣。

每个人的家乡都是独一无二的。

春

春天的味道是花的味道。

　　南汇可以感受到的春天，约是从惊蛰开始。而到了春分，已是乱花渐欲迷人眼的踏青佳日了。

　　这时，油菜花也开始次第开放。从春分到清明，油菜花是田野的主角，东一大片西一大片，就像油画家用大号油画笔恣意涂抹的色块抽象画。唯一可与之争春的是麦田，是一大片一大片的绿色，然而麦苗的翠绿终究敌不过油菜花泼天的艳黄。

　　油菜花是极霸道的，不仅占尽了春光，连气味也压人一头。走在春天的田野里，你只嗅到油菜花浓郁的香气。这种香气固不如梅花、月季般清雅，凑近了闻甚至有一点点冲鼻，但这野性的热烈的气息正是春天的含义。

　　油菜花初开的时节，如果恰好艳阳高照，乡野的河浜里就上演鲤鱼打结（音，指鱼交尾繁殖）的激情戏。鲤鱼们此起彼伏地在黄包衣（一种黄色的、絮状的水草）、蕰草（条状的水草）里追逐，时不时蹿出水面发出哗啦啦的响声。然而鲤鱼们最忘乎所以的时刻也是它们最危险的时刻。乡人每每在这个时节持叉守在岸边，择机投出。父亲创纪录的一次，一叉串起了三条鲤鱼。鲤鱼多的时候，可以把

油菜花开

到了这个季节,田野里几乎所有的野草都开始生长了。有一天我和母亲走在田埂上,一共数到了四十种野草,蒲公英、婆婆纳、泽漆、车前草、艾草、锯子草、馒头母、铜钱草……有一些都叫不上名字。缤纷的野草装点了所有没有庄稼的土地,这是大地最真实的生命力。

当清明前早稻准备插秧的时候,水田里,甚至整个村庄都弥漫着猪埘(猪的粪便与稻草的混合物,可做肥料)的气味。经过充分发酵的猪埘,至少我不认为是臭的,这种浓烈的气息是稻乡的原味,让人隐隐感到振奋,感到希望。通常在这个时候,头顶有布谷鸟飞过,"播谷播谷"的催促声是这般应景。

及至暮春,拔茅针成为我们放学路上的乐事。所谓茅针,就是茅草花的花苞,约一两寸长,细而饱满。而茅草花虽是最普通的野草,其大名却也令人如雷贯耳,"如火如荼"的"荼"是也。茅针嚼在嘴里是极嫩的,还有一点点甜味,也有青草的香气。手里攥着满满一把茅针,边走边嚼,便是不负春光了。

撒谷种

大自然的风景写生总是不断推倒重来。才到端午,大地就换了颜色。原来金黄色的油菜田此刻变成了沉甸甸的绿色。而绿油油的麦田,恰恰变成了一大片一大片的金色,不过这金色,是温和而内敛的。

放学回家的路上,我们拔取路边的一节麦子,截去麦穗,得一根两三寸长、两头通的麦管,把嫩的一头轻轻用门牙咬了,含在嘴里用力吹,呜呜的麦笛就响了。夏天也快来临了。

夏

夏天的味道是水的味道。

夏日的乡野是宁静的,其实蝉鸣从未停歇。

在夏日的正午望向远处,强烈的阳光下,可能是迅速蒸发的水汽和光线的作用,视野有一点点模糊,有一点点抖动。草木都长到了最高处。四目所及,都是经过阳光洗染过的深重的绿色,水稻、毛豆、丝瓜、芦粟、慈姑、柳树,都是这个颜色。除了河流,田野的每一处都长满了植物。

童年的夏天几乎是凉快的。三伏天阳光最烈的时候，就在地上铺一张凉席，或者干脆把门卸了睡门板上。没有空调，没有电扇，只有一阵一阵的穿堂风，蝉鸣是最好的催眠曲。等到醒来，就可以去游泳了。如果傍晚去游泳，爬上岸得快快跑回家，因为光溜溜、湿漉漉的身子在微凉的晚风中会冷到牙齿打架。

历史数据显示，三十年前上海郊区的年平均气温要比现在低1.5℃左右。有平原和植被的双重庇护，加上我家离海又近，溽暑难耐的"桑拿天"实在是很少的。

没有台风的夏天是不完整的。

因为靠近上海的东南沿海，每一次台风来袭，南汇几乎都会感受到最大风力。那种风声大作、稻浪翻滚的狂暴场面，就像灾难片一样摄人心魄。

台风总是裹挟着暴雨而来。硕大的雨点砸在屋前的泥地上，可以清晰地听到尘土"噗"的一声飞扬起来。空气中很快弥漫着一种雨水和尘土混合的气味，这种奇特的清新气味好闻极了，令人不忍移步。于是就趴在摇踏

（音，指本乡一种可开合的活动门，半人高，安在进户门的外侧）

泡
丑

台风过境

上看雨越下越大。场地上的水很快积起来,像一个小池子了。这时雨滴打下来就会溅起一个个小水柱,满地的小水柱像一池子跳动的音符,这是土语中的妈妈头雨,也唤奶头雨。

多年以后我偶然看到外国科学家的一项研究成果,雨水和泥土混合初期产生的"潮土油",能使大脑感到轻松愉悦。看来所有的快乐都不会没来由。

"潮土油"可遇而不可求,而夏天的植被只有淡淡的草本植物的气息。夏天最浓郁的味道是河水的味道。

自然界无污染的河水有一种特别的气息,这种味道不同于海水、江水、溪水,更不同于酒店游泳池的味道,是河底的淤泥和水中的植物、生物共同酝酿而成的清新之气、自然之气。

但河水的味道只有你身在水中时才能完全感受到。特别是当你深吸一口气下潜,从河的另一端冒出水面,在水花四溅的那一刻,你抹去脸上的河水,大口呼吸,这时水的味道便直透你的心底。此时抬头仰望天空中的云朵,便感觉与大自然浑然一体了。

秋

秋天的味道是风的味道。

乡野的四季,我最喜欢秋天。虽然本乡的秋天几乎看不到红叶,但天空同样是高旷的,空气清凉而干燥,一如北方的秋。

初秋的时候,二号河边上一里地长的芦竹林,粗大的苇花高高耸立。我们放学回家绕到此处,折取芦竹一米长的梢部,用铅笔刀斜着切一道口子,然后沿着切口处往苇花方向划一道长长的缝,这时把切口的一端含在嘴里,鼓起腮帮子使劲吹,会发出呜呜的鸣响,声音比麦笛雄浑悠远。

时到寒露,绿色渐渐褪去,野草枯了,树叶开始落了。金色再次成为田野的主色调,这一次是晚稻成熟时的颜色。

很莫名的,到了秋天,我就会向往北方,想象这田野的金黄延续到无尽的地方,那里是怎样的秋色。我也会遥望北边那条通往老港乡的柏油马路,飘满了落叶,没有车开过。那里一定演绎着秋天最美的故事和风景。

「卡活」——活泼的;活该

234

而像满天星一样点缀四野的,是棉花的白色。怒绽的白棉,布满棉花干枯的枝头,与天上的白云点点呼应。河边的荻萧(荻)也是白色的,飘扬在秋风里,是逐渐凋零的诗句。

除了台风,秋日的风已经比夏日任何一天都要有力了。这风从北方吹来,掀起了稻浪,吹皱了河水。而我喜欢在傍晚的时候站在稻田边上呼吸这凉凉的风。这是秋天的味道,就像波尔多的葡萄酒一样,细细品味,可以分辨出干草的气息、烧晚饭的烟火味,而且我敢肯定这其中一定有棉花的香气。我闻不到,只是因为我的嗅觉不够灵敏。太阳下的棉花,有像刚晒过的棉被一样温暖而馨香的气味。

立冬前,秋日的田野变得喧哗。农人提着镰刀走进田里,把一块块水稻田齐刷刷撂倒在地。晒上几日,就一垛垛地捆起来。男孩们开始显示力量,父亲把一捆稻压到他肩上,他摇摇晃晃地迈向河边的木船。

有时田野会响起由远及近的呼喝声,那是一只野兔从远处奔逃过来,每经过一块田就被追逐一次,直到在幸

漫天白棉

运的人家那里力竭而亡。

真正的狩猎在棉花地里展开。远房的姨父连官和他的同伴牵着几条精瘦的猎狗，把一块棉花地用半人高的网围起来。他们不停地掘洞，狗儿不停地吠叫，直到一个黄色的影子从洞里飞蹿出来，狗儿们顿时疯狂了，一只黄狼（黄鼠狼）落网了。

还有人在刚收割的水稻田里用铧捕黄鳝。刚收完水稻的泥地像一块土褐色的黄油，一踩一个深深的脚印。捕鳝人一铲一铲顺着光滑的洞口追踪着黄鳝，而鳝鱼竟像在水里一般在软泥里拼命游走逃逸。

把田里的、泥里的、河里的一切都收获完毕，当风中植物的香气变得稀薄，冬天就要到来了。

冬

冬天的味道是阳光的味道。

初冬的清晨，走出家门眺望老港河西北的方向，有时可以看到在视野的最远处有一层白白的雾，紧贴着地面，像一条细长的白纱环绕着田野。等你感受到太阳的暖意,回头再看,田野已然通透明朗。

而如果在冬日的早晨,看到田野像被一个不称职的厨师洒了一层厚薄不均的盐,青菜叶上多些,麦苗上少些,那是下了霜了。有霜的冬日,一定是非常寒冷的。

邻县奉贤的气象记录显示,1977 年 1 月 31 日,该县最低气温为 - 10℃,在 1990 年之前,奉贤每一个冬天的极端最低气温都在 - 5℃以下。也就是说,在 20 世纪 90 年代之前,上海郊县的冬天可以称得上天寒地冻,这与我童年的感受一致。

小时候每年冬天我都要生死血(冻疮),手背肿得像馒头一样高,还经常溃烂。晚上放在暖烘烘的被窝里,又痒得让人发狂。发大冷头(气温极低)的时候,手还会冻到偻佝(麻木),感觉就像戴了一副厚厚的手套。而小学的厕所是露天的,冬天小便完,冻僵的手系不上裤带,只得挺起肚子求助于小伙伴。

有一天课间休息的时候,我们站在走廊上看天空飘下鹅毛大雪,此后我再也没见过这么大的雪片。搁在操场上的一张破书桌,几分钟的时间就被白雪覆盖了。

我小时候经历过的最大的一场雪，积雪厚到可以没过我的大腿，当时的我想象着在厚厚的雪下打一个洞，可以通到小伙伴的家。我也记得小建平的爸穿着高筒套鞋，艰难地涉雪而来，敲响邻家的门。

最冷的时候宅后的小河就结上了一寸厚的冰，我们像北方人一样在冰面上追逐奔跑。有顽皮的大孩子拼命跺脚试探冰的厚度，直到"咔嚓"一声渗出水来，吓得赶紧跑开。

冬天最大的野趣是炭（烧）马唐（一种常见的野草，儿童常以之逗蟋蟀，也可将茎互挽"斗草"）。我们顶着北风穿行在干燥的田野里，把一丛丛的茅草、马唐草用火柴点燃。看着水渠边的干草在风的助力下一路烧过去，火光猎猎，烟尘飞扬，我们有一种火烧连营般的快感。

但大人们都在我家的东墙边晒太阳呢。这是旧日避寒的风俗，称为孵日旺。从早上八九点钟开始，老老少少陆续搬个板凳来到这里，有的织毛线，有的嗑对日铃，热热闹闹地聊天。爷爷毕竟是旧时代来的人，他习惯把两只手交叉拢在棉袄的袖管里。而奶奶的土布围裙上一定

孵日旺

搁着她那个黄澄澄烫乎乎的脚炉。等我们玩了冰,玩了雪,手冻僵了,就呼啦啦跑过来,三四双小手一齐拍到奶奶的脚炉上。

那个时候的阳光没有任何的遮挡,明晃晃地晒在砖墙上,晒在棉袄上,晒在脸上。我忘了那是一种怎样的气息,但我知道那是阳光的味道。

沪郊 1980's

日落大治河

虽然直到 1982 年冬黄路人民公社才全面实行家庭联产承包责任制,但关于人民公社的集体主义生活我却并无深刻的印象,因为我的生活仍然是个人主义的。

关于公社时代最鲜明的记忆是堆得高高的油菜籽壳。因为整个生产队的油菜籽都集中在一起,打下来的壳堆得像一座小山一样。晒干后的油菜籽壳软软的、暖暖的,有一点点硌人。我们会爬到这座小山上,从上到下掘一个洞,甚至还可以横着掘成一个"L"形,大大小小的孩子高高兴兴厕身其中,感受最原始的躲藏的乐趣。而父母们并不管我们,大概他们认为即便发生"塌方",松软的油菜籽壳不致把我们闷死。

其实晒在仓库场上的一地乌黑的油菜籽也很好玩,在上面爬,在上面走,有一种在流沙上一般的滑爽感受。

有些农业活动只在公社时代进行。比如每年4月在河边滩涂堆制草塘河泥。有人负责把河里的淤泥夹起来，有人负责把一堆堆蚕豆苗、红花草踩进河泥里。如此一层叠一层，制成夏天用的绿肥。氨水也只在公社时代广泛用作肥料，我们生产队还专门在仓库场的东侧靠河边挖了个氨水池。家长们并没有叮嘱我们远离那个地方，但我们会自觉避开这个气味刺鼻且只有一个开孔的可怕的地坑。

康宝英姆妈和小建平的妈是生产队的炊事员，不过她们只负责给猪和牛准备食物。我经常看到小建平的妈在仓库场的灶间里用一口超大的铁锅煮糠、菜籽饼等精饲料。我唯一揩过公社的"油"就是拣一两块菜籽饼做鱼窝，但效果其实并不理想。

公社时代的一大特征就是分配。收完谷就分粮食，按劳力的级数定额分配，比如我母亲是四级工，她的口粮是每月三十斤谷，换算下来一天只有七两米。每年有两次预支，称小熟预支和棉花预支，即把卖了油菜、麦子和棉花后的收入预支给社员，然而每户人家也仅能预支一

棉花收购

二十元而已。到年终会有一次隆重的分红，但所得其实并不令人鼓舞。比如我父母结婚前可算两个壮劳力，到年底只分了二百一十六元。还好那时候物价也便宜，一斤槽头肉（猪颈部的劣等猪肉）三角钱。

总的来说，公社时期日子勉强算温饱。吃肉是一件喜出望外的事，酱油粥、糖拌粥才是家常便饭。新衣服也很少，我记得有一次和爷爷奶奶去吃喜酒，临出门问勤龙爷叔借了件罩衫。

父母一辈人对人民公社没有特别的感情。公社以前、公社之后，日子并无绝对的不同。只要有得吃有得穿，日子总能捱得过去。

到 1982 年生产队分家时，各样公共资产按户数分成几份，然后大家抽阄（抓阄）。母亲记得我家抽得一卷栈条（一种篾制的农具，可以用于扩大谷仓容积），其他人家抽得缸、草窠、跳板等。我家还抽中一头母猪，作价（指把物折算成钱，往往低于市价）买了，一个星期后生下了八头猪崽。

抽阄是公社时期广泛使用的分配方法。比如稻柴有多有少，有烂有好，也以抽阄决定。最重大的分田也是靠

书院公社社员大会

抽阄,毕竟田有好有秋(坏)、有近有远,生产队尽可能平均搭配,但只有抽阄能平息矛盾。在贫寒的集体主义岁月,抽阄尽可能做到了公平公正。

我们生产队直到解散前都没有迎来脱贫致富的曙光。生产队最后置办的一件公共资产是一台十五寸的黑白电视机,安放在仓库场的一间小房里,算是竭尽全力为社员谋了福利。

我在那间三面透风的小屋里看完了《加里森敢死队》,也看了电影《小花》。等到看完《姿三四郎》,没过多久,生产队就解散了。

其实我对集体主义最深的感受来自大治河工地。

大治河是上海历史上最大的水利工程。如果你曾从市区来到芦潮港或南汇新城,那你应该见过那条大河。笔直的大治河看上去只比黄浦江窄一点点,两岸林木葱茏,河面船来船往,像一条风光旖旎的大运河。

而在我童年的印象中,大治河是一条没有水的黄泥大峡谷。

大治河 1977 年 12 月起开挖,至 1979 年 1 月完工。

考虑到春节、农忙和地下水位等因素,实际施工时间仅六个月。在这短短的六个月里,32万人次的民工完成了河面宽102米、全长39.5千米(其中南汇境内31千米)、总土方数3882万立方米的浩大工程。而开挖大治河大部分是人工作业,用铲挖,用担挑,用翻斗车推,用牛车拉,堪称集体主义时代的工程奇迹。

按照官方表述,连通黄浦江直达海滨的大治河工程旨在引黄浦江水改造浦东川沙、南汇和奉贤夹塘地区三十余万亩盐碱地,为夹塘地区十万居民提供饮用的淡水,分泄黄浦江部分洪水,减轻上海市区防汛压力。

大治河工程纪念章

开挖大治河,几乎动员了全南汇的每一个壮劳力,每个小队(生产队)多少土方,各有指标。本生产队先后有三十多人参加开河,妇女也不例外。父亲当年是生产大队的民兵连长,在营部(大治河工程实行的是半军事化管理)负责后勤,参与了大治河全部三期工程。

1978 年 11 月 25 日至 1979 年 1 月 18 日,大治河工程收官之战。这段时间我本应在幼儿园,但正如前文所述,我没有去上幼儿园,而在这之前,我得了急性肾炎,于是父亲把我带到大治河工地上休养。

在我模糊的印象中,大治河工地的工棚是长长的一溜,门很低很矮,大家睡的是上下铺。父亲说,当时的工棚根本就没有墙,竹片加稻草就是屋顶和墙。

每天一早大人们就出工了。有时我会一个人走出工棚,遥望一下工地。朝阳也才升起不久,大地一片雾气。眼前已经挖得很深很宽的河床就像一个巨大的峡谷,绵延无尽。数以千计甚至数以万计的人们在峡谷里上上下下劳动着。这样的景象,有一点点魔幻的色彩,像埃及金字塔的建造工地,又像是某个星际帝国的秘密

大治河开挖场景

工程。

　然而我眼中的梦幻,却是别人真实的辛劳。据参加过开挖大治河的乡人回忆,开河真是不堪回首的痛苦经历,每天挑泥挑到精疲力竭,吃住条件也非常糟糕。当时的口号是"男女老少齐上阵",一些妇女抱着两三岁的幼儿也上了工地。而如此艰苦的劳动却几乎是无偿的,不少人还落下了腰痛、关节炎等疾病。

　我还记得在大治河广阔的工地上,很远的地方搁着一条船,只能看到一个剪影。我知道,这么大的船,绝不是乡间河道可以看到的。但从来没有人和我讲清楚过那艘船究竟是怎么回事。后来我从南汇县志中读到,大治河施工过程中曾挖出一艘宋代古船,而发掘地点与本生产大队工地所在的黄路公社谈店—新华一线完全吻合。

　据相关资料描述,古船深埋于距地表 4 米的青灰色细沙土中,船长 16.2 米,宽 3.86 米,是一艘九舱、单桅、平底的近海运输海船,估测载重量不低于 16 吨。船内遗物除船头"保存孔"内发现的铜钱和银发钗外,舱内还有瓶、陶罐、陶缸的残片,在船外侧有两件完整的宋代瓷碗。

「强横」——(形容女性)坚强勇敢

古船出土的地点距海边约 14 公里,差不多是人民广场到虹桥机场的距离。这恐怕是南汇这片土地曾经"沧海桑田"最直观的证据了。

数以万计的农民集中在一起劳作,总有一些事情要发生。斗殴是其中之一。我并没有目睹打斗的场景,只是听父亲和大人们聊天时说起,我们大队的一伙人和隔壁大队的一伙人打了起来,扁担、铁钎都用上了。其中一个名字我颇熟悉的村人被人用铁钎捅了肚子,肠子都流出来,但所幸没死。我前文就说过,七八十年代的南汇乡村法制概念是薄弱的。这场斗殴最后似乎也没有什么后果,打过就打过了,输赢而已。

养病期间,父亲带我到县城的中心医院复诊。我记得和父亲从医院出来,走到人民路川南奉公路路口的水果摊,父亲决定心疼我一下,买了一个鸭梨,真的就一个,好像是五角钱。

我这个病忌盐,所以养病期间着实吃了一阵子"淡出鸟来"的菜。晚上,等伙房已经空无一人,父亲带我到灶边,做不放盐的肉丝汤面。那寡淡的味道,至今还能记起。

父亲还托朋友搞来了一只还是两只剥了皮的黄鼠狼，也做给我吃。黄鼠狼肉的味道我是不记得了，但不知是不是这所谓"健肾神品"的作用，我的病很快痊愈了。

来到大治河工地，有一件美事是可以坐中型拖拉机回家。每次在路上，我就一直盯着司机陈小弟叔叔手中不停左转、右转、左转、右转的方向盘，脑袋里满是大大的问号。多年以后才明白，那时候的路该有多烂，他得时时刻刻校准方向。

在大治河工地的时光令我对停车场的柴油味印象深刻，呼吸着那样的味道，竟有一种莫名的兴奋和愉悦。那是集体、劳动和希望的味道，是一个懵懂的儿童心中隐隐约约的革命浪漫主义。

等到我再回到大治河时，它已是一条一眼望不到尽头的宽阔大河，岸边是连绵的码头和橘林，平缓的河水泛着波光。而我也学会了骑自行车，就是够不到坐垫只能悬空跨在横杠上那种。小伙伴们从家里出发，半个小时不到就骑到了大治河边。有一次感觉意犹未尽，往东一直飞骑到海滨。抬头看到天色将晚，匆匆掉头回家。

大治河风光

从此大治河成了南汇人的母亲河,自来水水源就在这里。小学春游的时候,从大治河一直走到海边。秋天的时候,用自行车驮来一袋稻谷,到河边换厚皮的橘子。人们说大治河里的鲢鱼有几十斤重,大治河上的水产公司丰富了南汇人的餐桌。

而如今,大治河像所有曾经的"黄金水道"一样,河上的船、河边的人,都越来越少了,河水也没有最初那么清澈。河边的橘子,仍是三十多年前的模样和味道,却越来越少人问津。

而我在高速公路上多少次来往于市区和滴水湖之间,每一次匆匆瞥到,都会想起这是一条我曾经见证它诞生的大河。

1984 年,南汇县黄路人民公社正式更名为黄路乡。海沈生产大队更名为海沈村。

"胚"——无可逃避;命中注定

一 个 村 童 的 商 品 经 济

夏天的午后,已经七十多岁的奶奶在屋后阴凉地里的小桌子边,一粒一粒慢慢敲着西瓜子。

而我有时会坐在奶奶的对面,左手捏住一粒西瓜子,尖端朝上,用小榔头轻轻一敲,力度要正好使西瓜子裂开而不折断,然后迅速单手将它倒个个儿,再用小榔头轻轻一敲,一片象牙白色的瓜子仁便脱壳而出。如此一粒接着一粒,俨然一个流水线上的熟练工。

我这是在帮奶奶挣钱呢。

我小的时候并不知道瓜子仁是做什么用的。有时敲坏了一粒就放进嘴里吃了,品不出什么味道。如今我知道很多传统糕点包括西式点心都有它的点缀,而且是高价的标志。比如果仁蛋糕、瓜子仁薄饼、毁誉参半的五仁月饼等。

如果你在 20 世纪 80 年代成长于城市，那么你吃的美味糕点里可能有我的劳动。我只是很遗憾地告诉你，我敲瓜子的时候并不很明白食品卫生的重要性，所以不会事先洗手，刚捉过青蛙也未可知。

除了敲西瓜子，我们那时候还加工松子仁。那种松子是三角锥形的，像石头一般坚硬，须用专用的钳子钳碎。另有一种更精细的活，是把烤好的松仁外的一层烟（膜）脱去。那时的加工方法是把松仁放在脚扁里反复颠，也是非常费时费力的活。

西瓜子和松子都是从乡食品厂领的，敲出来的果仁按重计加工费。报酬虽很微薄，却是当时老人小孩难得的"生意"。

整个 80 年代利用农村闲散劳动力和乡土资源的经营业务是相当多的。另外比较典型的两项是晒蚯蚓干和刮蟾酥。

蚯蚓干和蟾酥都是中药。蚯蚓干（中药名地龙干）有清热定惊、通络、平喘、利尿的功效。蟾酥是蟾蜍头部两侧凸起处内的浆液，性温，有毒，主治小儿疳积（营养不良，发育迟滞）。早年这些药材都是从乡间采集，当制药业迅猛发展，采药人不够用时，就须发动人海战术了。

晒蚯蚓干是家庭行为。母亲主掌各个流程，而我会参与捉蚯蚓。那时乡下蚯蚓遍地都是，松软的菜地里一铁搭下去，翻起来就是好几条。蚯蚓抓来后，就用剪刀一条条剖开，洗净放到帘子（一种可卷起来的苇席，农村用来晒物）上摊晒。晒干就好卖了。

而刮蟾酥是我们儿童自己的挣钱门路。到药材公司领一个像贝壳一样的铁皮制的夹子，就"开业"了。从来不受待见的老蚧巴（蛤蟆），在那么一两年里突然变得像宝贝一样，而对蛤蟆来说，那无疑是一段苦难岁月。我们满地里找蛤蟆，逮住了就用夹子夹它头部两侧耳朵部位的凸起处，会有浓稠的白色液体流出。

然而这些都还不算真正的个体经济。

整个 80 年代，南汇农村洋溢着浓浓的创新创业精神。告别了人民公社，可以名正言顺地搞副业、搞个体经济了。各种各样的养殖业、各种各样的加工业，农民家庭都热烈地去尝试，反正是小本经营，即便亏了，饭总有

20 世纪 60 年代南汇大团供销社

得吃!

80 年代上半叶,养长毛兔成为一股风潮。当时我家也养了些兔子,最多时候也不过十几只吧。记得我们小学的校长——也是爸爸的好友——不知从哪里觅来了产量高的长毛兔品种(当时有西德兔、小洋兔等"名品")。等到它们生了崽,校长送给我们一对。我们对待这两只"良种"长毛兔那欣喜又小心的心情不亚于台湾迎来了大熊猫团团、圆圆,而且也特别盼望它们生育出下一代。

每到兔毛长到丰满,我们就把它们放进竹篮里,盖上布巾,带到镇上去剪毛。收购站的剪毛师傅"咔嚓咔嚓"把兔子剪到一丝不挂浑身发抖,留下一盘子兔毛。称兔毛的人把眼镜推到鼻梁,看清磅秤上的刻度,然后结现钱给你。而我们对于他有没有看清了数、算清了钱都是不计较的。揣了钱,装上屡屡要跳出篮去的兔子就回家了。

那些年,养长毛兔,养荷兰兔,养蜗牛,种蘑菇,种草菇,种伊选西瓜,种伊丽莎白瓜(一种引进的甜瓜),一波接一波地流行,整个南汇农村就像在开世界农艺博览会。而所有这些养殖、种植技术,对刚刚从集体农业走来的南汇农人来说,都是陌生的。但由于对勤劳致富的渴望,加上南汇人的好学聪敏,无论什么农业技术,通过口口相传,大家都无师自通了。

如今我们提倡"大众创业、万众创新",当时的南汇农村正是如此。

我作为一个儿童虽不典型,却也是生动的一例。

除了帮母亲抓蚯蚓、养兔子、种蘑菇、种草菇,我个人还有常年的创收渠道,那就是废品回收。具体来说就是四处搜集电线、各类金属零件,从中提取铜质材料,卖给废品收购站。

任何东西是不是铜质,只要在墙上磨一下,就一目了然了。而我处理电线也很老练,把电线团成一团放进灶肚里烧,等火熄了拿出来放在地上一阵踩,锃亮如新的铜丝就脱壳而出。对了,那种塑料皮烧焦的味道很好闻。

早些年本村养猪场等一些村办企业向上海造纸厂定期收购工业垃圾,晒干后用来当柴烧。当这些垃圾从船上运到场地上晾晒时,我们这些"资源回收专员"就会循迹而来。所谓垃圾主要是擦机器用的纱线,以及其他生

乡办厂里的活计

产活动中产生的一切固体废弃物，这当中也包括电线。运气好的话，你甚至能在其中翻到一角、两角甚至五角的纸币，这是给我们这些循环经济先行者的额外奖励。

有一次我在一堆垃圾中发现了一个半圆形的铜拉手，拿在手里沉甸甸的，我像发现珍宝一样心里一阵狂喜。然而它与一团纱线紧紧地缠绕在一起，偏偏这个时候天下起雨来，我哪里肯轻易放弃，蹲在地上冒雨奋战。记得那天妹妹一直站在我身边陪着我。等我成功把铜环取下，头发衣服都已经微湿了，但我和妹妹回家的脚步轻快了许多。

每次去收购站，心情约相当于山里人赶集，但我的收益是确定的。

有一回我和几个淘伴在收购站瞄到橡胶价格"两元一斤"，当时简直不敢相信自己的眼睛。我们立即联想到阿国兴家场地上约三分之一截的废轮胎。虽然我们反复论证这是他家不要了的东西，他们无视它的价值那也实在怪不得我们，但下手抱走的时候还是慌里慌张。

在走向收购站的路上，想着即将到手的"巨款"，大伙心潮澎湃。我们几个大孩子一合计,请阿忠、武董两个小孩负责运输这段轮胎,并大方地许以每人五角钱的优厚劳务费。他们也很兴奋,每个人都感觉脚底生风。

我们小心翼翼地把这一截珍贵的轮胎放到磅秤上,营业员报价:"两角。"这一次我们简直不敢相信自己的耳朵。再一看价目表,原来是两分钱一斤! 回家时每个人都无精打采,一路无话。

回顾"轮胎事件",我忽然发现从中可以窥见市场经济的发生、驱动、运作以及社会分工、阶级分层等一系列机制的最初形态,实在有意思极了。

虽然不经别人允许拿过一截废轮胎,但我依然可以自豪地说,80年代我们农村人无论从事农业、副业还是个体工商业,都是诚信为本。大家用智慧和汗水去换取的是干干净净的钱。比如蟾酥这东西,一点点就值不少钱,真要想掺假办法肯定是有的,可我们想都不会往那儿想。

但我们做一帘子(一张帘子比一张双人床还要大)的蚯蚓干,只能卖十五块钱。捕捉几十上百只蛤蟆,刮到夹子无可容纳,只得三角钱。种草菇,天微微亮就要开始采摘,拣好切好,在日出前送到十里地外的老鹳嘴收购站,一趟所得不过十元钱。

敲西瓜子最廉价,加工一斤西瓜子仁,计三角五分钱。而得一斤瓜子仁,可能要敲上整整一天!我们从早敲到晚,敲得手脚酸麻,得的钱可能只够城里的孩子买一个瓜子仁纸杯蛋糕。

母亲说起80年代农村的家庭种植业、养殖业,只叹大家做死做活,一年到头其实赚不到几个钱。

但这就是城乡差异,就是那个时代的社会分工。老一辈南汇农人甚少抱怨与城市之间的不公平。也许在他们的内心,已经觉得上天眷顾他们很多。比如我爷爷当年到上海参与造国际饭店,我外婆年轻时去上海做"摇袜姑娘",我父亲早年到黄浦江的码头捡树皮柴,我们还可以到城里卖菜、卖瓜果。当然这些"福利"本身就充满了艰辛。

即便在我成长的年代,我们仍然要比城市的同龄人付出更多的努力。早年上市重点中学,我们一个县加起来的名额可能只有十个,同样,上我这个大学,我的成绩必须要比市区同学高一到两个等级。

这种建立在信息不对称、权利不对等的基础上的城乡关系是非常脆弱的。如今我无法描述当下城里人与乡下人的依存关系,似乎越来越紧密,又似乎越来越疏离。我曾经写了一长段关于城里人与乡下人的文字,又一一删去,欲语还休。

我有时宁愿怀念那些心无杂念的日子,我在夏日的阴影里埋首敲着西瓜子,而你在凯司令的店堂里犹豫要不要买那块瓜子仁蛋糕。

外 乡 人

　　小时候我曾隔着摇踏,把一搪瓷缸的米倒进讨饭人张开的破布袋里。我对他的乡音和来历充满好奇,心中没有排斥和警惕。

　　而今,整个南汇乡村就像元明两代兴起"淘盐潮"时一样,到处涌动着操各种乡音的外地人。他们有的是私营企业的员工,有的是租地种西瓜、种草莓的外来农民,有的是回收旧助动车的小生意人……

　　我不反对新上海人,不反对外来务工者,但我反对那些蛮横地多占田埂、种萝卜添加膨大剂、把垃圾倒进河里的人。这些举动与本乡温良的传统格格不入,是对这片土地的破坏和颠覆。

　　而在20世纪80年代以前,外乡人只是偶尔可见的陌生人。他们姿态谦恭,甚至还能带来别样的欢乐。

小时候见得最多的外乡人是讨饭人。他们是诚实的乞讨者,面容愁苦,衣着褴褛,背着一个破布袋,挨家挨户地讨米。他们大多来自安徽、苏北,可能是江淮洪灾的灾民,也可能是荒年的饥民。我们彼此听不懂对方的话,但我们能完全沟通的是困顿和怜悯。他们不像后来的乞丐只要钱不要饭,而我们觉得周济一个讨饭人是稻乡人家应尽的义务。

《清嘉录》中就有马戏团游走苏松乡间卖艺的描述。而在我小时候,外地人的"吉卜赛大篷车",能让我们的村子大大热闹一番。对我们儿童来说,那是堪称震撼的感受。

这个马戏班约十人左右,有个会来事的头儿,有一只猴子。他们在跟娣娘娘家前面的场地上放下行囊,整个沈家宅的男女老少都渐渐围拢过来。

头儿做个把式,表演就开始了。

要是今日我看到这个乡间马戏班,可能是要报警的。因为好几个演员都是十岁左右的儿童,辍学游走在江湖。

表演最让人惊叹的是柔术。身着轻薄红衣的小女孩

吹糖人

坐在桌子上，慢慢地，慢慢地弯下腰，直到把身体折叠到能通过一个直径不过一尺的铜箍，看得我攥紧了拳头，耳畔似乎能听到她骨头咯吱咯吱的声音。

然后上来个粗短的汉子表演顶缸。一个几十斤重的水缸，到他手里似乎失去了重量，上下翻飞，耍得滴溜溜直转，转到胳膊上，转到肩上，转到头顶，转到后颈。有时眼看着要飞出去砸进人群，观者惊呼闪避，水缸又被他的另一只手稳稳接住。

还有吞剑的表演，看得我们目瞪口呆，表演的人面不改色，我的肚子倒先替他难受起来。

不曾见过世面的乡下人，每个节目都看得痴迷，时不时发出惊叹，每一出演完就使劲拍掌喝彩。场上的气氛越来越热烈，马戏班头儿的脸上泛着愉快的红光。

这时他就开始吆喝他那神奇的跌打损伤药了……

我只是奇怪那些面容清秀的小演员们，怎么脸上没有一丝微笑，表演时也一言不发。他们的高超技艺令人叹为观止，而他们幕后的人生一定像吉卜赛儿童一样，艰辛而苦涩。

相见愉快的是换糖人。在 1980 年之前,塑料仍是紧缺的物资,所以农田里用的尼龙薄膜会有人上门回收。他们不给你钱,只给你好吃的甚至有钱买不到的糖果。虽然没学过 MBA,但换糖人实在是研究消费者心理的大师。

姐姐说最早的换糖人是本乡人。他们手拿一管小小的横笛,一边吹着好听的曲子,一边进得村来。在水边玩耍的姐姐赶紧跑上来,父亲把准备好的一点尼龙薄膜交给她。那时候换糖人手里的"王牌"是鱼皮花生。

等到我记事时,换糖人已经换成了外地人。他们交换的吃食似乎更诱人——斩白糖。所谓斩白糖,我认为就是麦芽糖,又硬又黏,又香又甜,表面还有一层薄薄的面粉。那个滋味我们无法抗拒。换糖人一头挑的是收来叠紧的尼龙,一头挑的是一大块斩白糖,像一板薄薄的豆腐,到本村时,总是缺了一角。听到换糖人"尼龙有伐"的招呼声,我们立马行动起来,把早已收藏好的尼龙抱出来,或者四处搜罗大人可能已经不用的废料。无论多少交给换糖人后,就低头听凭他的处置,心里大概在默默祈祷。换糖人不慌不忙收好尼龙,拿出一把小切刀、一把小榔头,猛敲两下,切给你口香糖大小的一块,或者只是薯条般的一条,那算是对你那一点点尼龙的友情回馈,千万不要提更多的要求。

我最早认识的外来务工人员是一个苏北来的豆腐汉子。他来到本乡约是 1985 年前后,三十多岁的样子,相貌和善,脸上总是堆着笑意。每天一早 7 点钟左右,他就挑着担子一摇一摆地出现在村口,很沉的样子。一进村子,他就用那略带鼻音和女腔的苏北话大声叫卖起来:"豆腐要伐——豆腐!"声音极有穿透力,至少半个宅子都能听到。我们叫住他,他就笑眯眯地问:"阿姨,今朝要几块?"一般我们就要一块豆腐,早上拌酱油吃。他小心地撩开那层湿漉漉的纱布,用他的小铲子整齐地切了一块豆腐放到碗里。接了钞票道声谢,他挑起担子又吆喝起来:"豆腐要伐——豆腐!"

豆腐汉子卖的豆腐是最正宗最原始的豆腐。虽不像内酯豆腐那么水嫩,但绝对货真价实,关键是十足的新鲜,都是他一早做起来的。

因为他天天早上来，宅上每户人家都和他很熟悉。而他那无邪的笑脸和周到的服务也赢得了村人的好感。他总是快快乐乐的，有时候也会和我们聊上一两句，或用浓重的苏北腔逗一下小孩。

有一阵豆腐汉子突然不来了，连续好几个月。听说他家遭了变故，有的说他被偷了一大笔钱，有的说他家里有人死了。

不知道过了多久，似乎是一两年，豆腐汉子熟悉的声音又在村口响起。他的脸上依然堆着笑意，但眉宇间多了几分沧桑。而此时农村人的早餐有了更多的选择，购物的习惯也发生了变化，他的传统老豆腐越来越难卖了。没过多少时间，豆腐汉子的叫卖声就永远消失了。

20 世纪 80 年代末，我们年轻一代开始离开农村。与此同时，越来越多穿着牛仔裤和红外套的打工仔、打工妹们陆续住进宅上各户人家的平房里，走进本乡第一批老板办的袜厂、制衣厂里。

我们各自都是为了追逐自己的梦想，只是谁也没有在意脚下的这片土地。

「驼子八气」——心不在焉；没责任心

最后的知识青年

上海知识青年是我们这个偏僻的乡村与市区最紧密的联系，也是这个平凡乡村唯一的传奇。他们离开后的近四十年间，知青轶事一直为乡人所津津乐道。

最早一批知青来落户的时候我才三岁，最后一个知青走的时候我也只十岁，而且作为一个儿童，我和他们很少有交集。我对知青的印象只有四个隐隐约约的画面。第一个画面是几个知青持叉在十二队曹家宅北面的那条小河里叉田鸡，我跟在他们后面。第二个画面是一个知青坐在他们的小房子门口看一本厚厚的书，后来他们说那是国祯，在复习准备高考。第三个画面是两个女知青的房间里两面墙之间拉了一根绳，上面挂着干净的毛巾。最后一个画面是女知青阿萍，脸特别小，皮肤特别白，鼻梁特别高，我觉得她有点神秘和高贵的气息。

姐姐的记忆更加丰满一点。她说她很清晰地记得我和妹妹被几个知青阿哥摇摇晃晃地举起，知青阿哥哈哈笑，我和妹妹懵懵懂懂的样子，而一旁的她提心吊胆。

宅上的人聊起知青，总要笑起来，言语中带着友好和一点点调侃。姐姐说有一次在仓库场上拣棉花(把烂的棉花瓣拣除)，阿玫和阿萍这两个同屋的女知青争起来，争着争着阿萍就哭了。阿萍人很漂亮，性格温和；阿玫黑一点，壮一点，蛮凶的。

我妈称他们为"上海囝"，就是上海娃娃，宅上的长辈都这么称呼他们。这是亲切的叫法，包含着疼惜和关爱。试想这些知青，来到我们生产队时只有十八岁左右，还不会照顾自己，更不用说干农活。农村人觉得这些城里的孩子本不应赤脚走在猪塒里，他们应该在城市当工人，过更好的日子，乡人就是这样纯朴的思维。

在我母亲眼里，阿萍就是个未成年的小囝，"瘪骨跟脚的"，哪像是田里做的人呢。说起知青干农活，总是有很多好笑的事。比如他们插秧经常被"裹馄饨"，稻田都一片绿了，他们人还在田中央。被蚂蟥叮了腿，怎么拔也拔不掉,吓得直哭,而正确的方法是用手拍。本家娘娘美芳讲了个笑话:知识青年刚到农村时五谷不分,看到田里绿油油的麦苗,惊讶地问:"你们乡下怎么种这么多韭菜啊?"后来阿萍说,这是她问的。

无论生产队还是社员,对知青特别是女知青都是比较照顾的。比如开大治河,女知青就没被派去工地挑泥,但很多女社员都去过。虽然刚来的知青做出的贡献相对少一些,但工分仍计得高一些,比如男知青阿益是十一分,阿萍是九分。那时一个工分相当于五分钱。偶尔也有队里的小青年不服气,凭什么一样出力,他们的工分就要高?队长就告诉他们,公社有规定的,知青要照顾,小青年们也就作罢了。

但这些上海团最后用实际行动证明他们不是一个笑话,他们成功"改造"了自己,赢得了乡人的认可和尊敬。连我母亲也说,知青什么都做,不容易的。

我堂姐爱英是知青的同龄人,曾经和他们并肩劳作,是知青们的好伙伴。她对知识青年有着良好的印象。她和国祯、阿勇一起平整土地,挑灯奋战,大家都不叫苦不

巾帼上阵

叫累,阿勇挑泥挑得腰也损伤了。后来的阿益重活也样样来,挑坺、开河泥,不落人后。

阿萍刚来就拜我大伯母为种田师傅,和爱英自然而然成为好姐妹。阿萍经常在我伯母家和爱英睡一起,而爱英有时也去她的屋里睡。阿萍虽然是典型的城里姑娘,但爱英称赞她谦虚好学,吃得起苦,对宅上长辈也很礼貌,"大大""阿奶""爷叔""婶婶",学着乡下人一个个地叫。

我们宅上人最敬佩的知青是朱国祯。他是知青们的榜样,是我们心目中完美的人。

这么说起来,我还记得知青时代的第五个画面,那就是国祯在仓库场东边给我拍照。他站在桥头,我站在田里,他指挥我这边来一点,那边去一点,"咔嚓"一声拍了张照。那是我童年唯一的一张照片,可惜爸妈不珍惜,丢了。但至今我记得这张照片的样子,黑白的,我在照片里占很小的位置,呆呆地立着,没有笑容,背后有一根电线杆。

朱国祯是从县城下来插队落户的,时在1975年。和他同时来的还有一个小伙子,下乡没多久当兵去了。再来一个就是阿勇,后来也当兵去了。国祯插队三年,一半以上的时间在大队做团支部书记。但一到农忙他就挽起裤腿下地,似乎农民才是他的本色。

其实国祯就是一个书生的模样,清秀的脸庞、瘦削的中等身材,但他下田劳动是毫不含糊的,生产队男将的活他每样都做,还走得快、跑得快。然而他毕竟不是一个真正的农民,有一次轧稻时不小心被脱粒机绞断了左手大拇指半截指头,但这丝毫不影响他出工出力。

国祯人很外向,又有爱心和奉献精神,所以村里老老少少都很喜欢他。而他真正做好了扎根农村做一辈农民的准备,又好像他本来就是这个宅上的人。从他之后,我再也没见过这般可亲可敬的人。

国祯考上大学后,仍然把十一队当成自己的家,每隔一两年就会来看看乡亲们。每次来,总给孩子们带一大包糖,有一种是包装纸闪闪发亮、长圆形的、松脆的酥糖。我记得有一年冬天,在我奶奶家东墙孵日旺的时候,国祯来了,他笑得合不拢嘴,和每一个人热情招呼,村人看到他也高兴极了,问长问短,比过年还热闹。他对我们这些孩子是如此亲切,摸着我们的头,他的笑容让我感到温暖。

在我读了高中之后,甚至更早些,国桢就来得少了,但依然与宅上的人保持着联系,我们也会断断续续知道他生活工作上的一些变化。后来有人告诉我,国桢在当时的上海市长信局也是一位备受同事推崇和领导信任的优秀青年干部。

在我读研究生的时候,我们听到了不幸的消息——国桢得了肺癌。一个不碰烟酒、几乎没有不良嗜好的人怎么会得这种病呢?我们都想不通。在他养病的时候,父亲和我说起,国桢希望我给他即将中考的儿子补习一下作文。我赶紧答应了,我只是担心报答他报答得太晚了。

那天我在国桢家门口见到他的时候,心里怔了一下,那张原本青春明亮的面孔明显灰暗了。虽然他依然热情地对我微笑,亲切地叫我月月,但无论我和他,都难以激起久别重逢的激动和喜悦。当天他妻子也在,夫妇俩努力让我感到宾至如归，但空气中总有一丝抹不去的凝重。毕竟国祯病了一段时间，似乎也没有好转的迹象。当天我辅导完他的儿子，吃了午饭就匆匆告辞了。没过多久，噩耗传来，国祯去世了。

我很遗憾没有早点去看望这个知青大哥，没有在他心情好的时候和他畅叙故里乡情。而我知道，他一定非常欢迎我这个来自他第二故乡的小兄弟。

在写此文前，我有一个愿望，就是很想再见一见老宅的知青们。乡人一直传诵他们的故事，但他们为何而来，为何而去，他们的喜怒哀乐是什么，插队生涯留给他们怎样的记忆，不曾有人告诉我。我也想知道这些曾经像我们兄弟姐妹的人，如今过着怎样的生活。

当我询问父亲时才知道，就在去年，当年的十几个知青在村长的邀请下曾来乡下重聚。

父亲给了我阿益的电话，但我搁了很久。我不知他是否还记得那个小孩，而我的要求是否太唐突，人家是否还愿意回忆那段乡土的岁月。

直到最后我鼓起勇气拨通了阿益的电话，他显然一头雾水。突然,他好像明白过来,问:"你是老门槛吧!"哈,这个大伯父起了快四十年的绰号,他居然还记得。得到我肯定的回答,阿益一下变得热情极了。

电话里我简单介绍了一下自己的经历。他激动地说,我们十一队出你这样一个人才,我感到自豪!听他说"我们十一队"的时候,我鼻子一酸,原来我们在繁华的都市里,还有一个分别了太久的自家人。

在阿益的热心张罗下,有了我与他还有阿萍、阿董、阿平在五角场的相遇。我还带上了我的父母。母亲和阿萍、阿益分别之后一直未再相见。

他们显然是不认得我了,而我还能依稀认出阿萍的模样。母亲已经老了,但阿萍、阿益还记得她当年风风火火的脚步。阿萍拉着母亲的手,有说不完的话。阿益特别健谈,关于历史,关于人生,有很多的思考。父亲反复说阿平当年身手了得,和他摔跤,把他一把扔出去,他居然还能站着。阿平话不多,但总是微笑着。阿董开朗而热情,虽然四十年前不认识我父母,但相见却似故人。

四位知青对插队乡村的感情超出我的想象。其实就

知青阿益在十一队

像我怀念自己的大学，农村就是他们的大学，而那种混合了汗水、泪水、快乐、悲伤、绝望、希望的经历，比大学更加刻骨铭心。

一餐午饭，一直吃到下午，还有好多的话没有说。母亲在回去的车上情不自禁地说："这是最高兴的一天。"

通过与四位知青的对话，上海团插队南汇的历史轨迹，渐渐变得清晰。

1977年5月7日，一个晴朗的春日。阿益、阿萍、阿董、阿平提着被子，背着行囊，登上停在杨浦区永吉中学门口的"巨龙"公交车，这一天是他们出发插队落户的日子。父母、老师、同学都来送别，锣鼓喧天，红旗飘扬。现场热烈的气氛和"广阔天地，大有作为""继承毛主席遗志，把无产阶级革命事业坚持到底"的大幅标语让他们心潮澎湃。然而他们不知道等待他们的将是怎样的人生，也不会知道他们竟是中国最后一批开赴乡村的知识青年。而到那一年年底，高考就恢复了。

在正式下乡插队之前，阿益他们读了两年初中、两年不被承认的高中，又学了半年工，歇了半年待分配。但

"十年动乱"后的上海,百废待兴,就业压力很大,时值"两个凡是"的时代大背景,再次发动知识青年上山下乡,成为"两全其美"的选择。虽然实际情况是上海郊区地少人多,虽然在那一年,黑龙江、云南等地知青发出了"不回故乡死不瞑目"的强烈呼唤。

当时上海基本的政策是家里"有工无农"的初中毕业生一律下乡插队,而符合这种情况的家庭一般是老大已经在企事业单位工作,所以 1977 年上山下乡的知青基本都是家里的阿二头(老二)。

当天好几辆"巨龙"公交车从上海市区的各个方向汇拢,穿过连接黄浦江东西两岸的唯一通道——打浦路隧道,浩浩荡荡开往南汇县。阿益记得,车到黄路公社大礼堂时已经是下午了。欢迎大会结束,大家沿着通向海沈生产大队的钢渣路徒步前往各自的生产队。阿益中学里的偶像——知青团副团长秀娥走在队伍的前列,一身绿军装,右挎军用包,左挎军用水壶,胸前一朵大红花,英姿飒爽,气宇轩昂,这一幕给他留下了难以磨灭的印象。

但知青从来不是幸运和浪漫的代名词。当阿平、阿董这些插队在海沈东片的知青来到他们的生产队时,当场就愣住了,有些女孩还掉了眼泪。可能是知青办和公社大队没衔接好,这些生产队根本就没做任何迎接准备,知青们没地方住,只好临时在社员家里过渡了一阵子。后来五队、六队合起来给知青造了两间房子,阿董、阿平才有了自己的住处。但窗没有玻璃,只钉了一层一戳即破的塑料薄膜。

而阿萍和阿益要幸运很多。因为国祯他们来得早,所以十一队有现成的知青住房,热情的前辈知青国祯和阿勇已经把房间清理停当,专等他们入住了。

阿萍记得那一天到十一队时都快傍晚了,反正收拾收拾很快就天黑了,而国祯为他们准备的晚饭也做好了。当时他们连着吃了好几天国祯做的饭,后来才知道都是他自己掏的腰包。在国祯的帮助下,他们也开始学着用火油炉自己做饭。阿萍说,某种意义上,国祯是自己知青生涯的启蒙老师。

知青们住的两间瓦房我是有印象的。位置在十一队的西边入口处,黄颜色的洋瓦屋顶,很小,约十五平方米一间。西边一间住国祯、阿勇、阿益三个男孩，东边一间住阿萍、阿玫两个女孩。

知青走后，这两间房我爷爷奶奶住过一段时间。我家搬到村口时，一度临时用过国祯他们的灶头。1990年左右，这两间"知青房"被拆除了。

有时代的感召，有国祯、秀娥这样的榜样，有争取上调的潜在动力，阿益和阿萍很快调整心态，适应环境，努力去做一个合格的农民。阿益说，我们那时有理想、有激情，也想在广阔农村做出点名堂。

阿萍记得出工第一天干的活是在麦田里给棉花间苗。作为师傅的大伯母手把手指导她，毫无保留地教她拔秧、莳秧、塌草（锄草）等一切技能。一个开始时笨手笨脚的城里女孩，慢慢成长为有模有样的种田人。

阿董可能是所有插队海沈的知青里年纪最小的一个，不满十八岁。人偏偏又瘦小，体重不到七十斤，用她自己的话说就是"台风一刮就倒了"，哪里做得动农活？干了一个星期，实在吃不消，小姑娘哭着跑回家了。但回家后想想也不是办法，以后上调怎么办？人生的路还得

知青学农

自己一步一步走下去。于是咬咬牙,又回到了生产队。凌晨 2 点钟起来拔秧,背几十斤重的药水机打农药,直到衣服被汗湿透。阿董一步一步挺了过来。

知青们刚来的时候,受队里照顾,跟着老幼组一起劳动,拔拔草,松松土,干些轻活。两个月一过就见颜色。7 月底 8 月初的"双抢",白天收稻、插秧,晚上到仓库场上脱粒,每晚劳动到筋疲力尽。

阿萍被蚂蟥叮没哭,干活干到虚脱没哭,写信给妈妈也是报喜不报忧,但妈妈的一封信让她情绪崩溃了。那天她干完活下河游泳洗澡,结果可能因此着了凉,连发三天高烧。看到妈妈在信中写一切还好吗,要注意身体等,不争气的眼泪就哗哗下来了,所有的委屈和辛酸瞬间倾泻出来。

凭着自己的努力,加上乡亲们的关照和知青之间的互相扶持,这些上海团逐渐成长起来。庄稼地不再那么令人望而生畏,周围的人也渐渐熟悉了,他们也开始去发现知青生活的点滴乐趣。

阿萍和爱英情同姐妹,如今称为"闺蜜"。插队第一

农忙时节

年秋,阿萍、爱英和国祯一起去上海玩了一次,逛城隍庙、外滩,在和平公园"草原英雄小姐妹"雕像前合影,晚上就住在阿萍家。

阿益说,他们经常去县城的大礼堂看电影,看完电影就走夜路回家。十几里的路,伸手不见五指,谁走远了,还得通过喊话确认方位。

阿益很快和宅上的男孩们打成一片,在河边喊着一二三把勤龙扔进老港河里。他说我总是默默地看着他们玩,蹲在河岸边,怀抱着我家的小黑狗。

阿平似乎是最适应农村生活的,虽然他早期住的知青房是极简陋的草屋,外面大雨里面小雨,但他乐观地说这也有好处,冬暖夏凉。他对农村的一切充满了好奇,给牛喂两把草,到猪棚看胖嘟嘟的小猪仔。窄小的丝网船很不平稳,阿平有次跳上船结果翻到了河里,这激发了他学会掌控丝网船的斗志,最后成了撑丝网船的好手。他身手敏捷,筋骨好,经常跟着民兵连到各处训练打靶。

阿董爱漂亮,调到村办厂做工后,喜欢在厂门卫室的裁缝那里做衣裳。有时收不抵支,还要向爸妈讨粮票换口粮。

十几个十八九岁的年轻人下放在农村,时时劳动生活在一起,岂能不擦出情感的火花?

但也有男女知青没控制好,搞到要打胎。这在当时是了不得的事,要被知青办知道了,上调恐怕是不用想了。但那时的大队干部都是菩萨心肠,没有声张他们的"错误"。直到快四十年后,一朝知晓秘密的知青们才大呼"怪不得"。

也有知青和本地姑娘小伙儿在劳动生活中产生爱情,但往往因为农村女方父母要求入赘,或者人生追求差异悬殊等原因终难成眷属。

而阿萍似乎没有考虑恋爱的问题。她的烦恼是,队里的一个小伙儿晚上经常在她的后窗窥视,甚至像一只猫一样两手在窗上抓来抓去,把她吓得够呛。还好小伙儿没有做出进一步无礼的举动。

似乎只有国祯和秀娥的爱情终成正果。

1978年,国祯以优异的成绩考上北京邮电学院。

1980年,政策下来,所有插队到郊县的知青都可参加招工考试,原则上就近到县城工作。

知青们喜出望外,没想到春天来得这么快!

阿平说,考试只是个形式,当年几乎所有人都上调了。阿萍进了县城的一家水利设备厂,阿平进了汽车五厂当公交车司机,阿董进了一家玻璃仪器厂。阿益大概是最后一个离开海沈的知青,1982年,他顶替父亲进了杨浦一家万人大厂。

而最后,他们都陆陆续续回到市区工作,至少安家在市区。他们有的人经历坎坷,有的人为儿子的婚房发愁,有的人平静幸福,是城市里最普通的一分子。

对于当年那些"榜上有名"但一天也没下过农村或只下过几天农村的所谓知青,这段历史确实可以当作没发生过。但对真正的亲历者来说,插队郊县是他们人生的重要一页,插队的乡村被他们认作自己的第二故乡。在城市里的某些时候,他们会想念当年乡下的蓝天白云、田野河流以及那里的人们。

当我问他们,插队生活最深的感触是什么,阿平的回答最出乎我的意料。他说农村三年可能是他一生中最快乐的时光。在农村他感受到自由,没有父母管,没有领导管,和乡下伙伴们一起捕鱼、摸螺蛳,开心。干农活虽然辛苦,但农忙也就那么几天。20 世纪 70 年代的上海农村,是他的桃花源。

阿益感慨地说,这就是命运,有得也有失。失去了继续受教育的机会,但也促使自己快快成长。阿益在农村的后几年,和农民打成一片,各家造新房都请他去帮忙,一起喝"上梁酒"。插队生活也让他学会了感恩,感恩"插兄"国祯的关照,感恩队里乡亲的宽容,也让他感受到,人与人之间的关系,可以如此纯洁。

阿董说,如果她晚生两天,她就不用去当知青。但她并不怨天尤人,她仍然珍惜那些披星戴月的岁月,有苦也有乐。她感恩当年的乡亲对她这个小女孩的无私照顾。她怀念那时候人与人之间的真诚,农村人的淳朴善良让她永记在心。

阿萍曾经那么文弱,但她是全身心地去融入这片土地。她也与十一队的乡亲们结下了深厚的情谊,乡亲们对她这个勤奋单纯的女孩特别偏爱。特别是我大伯母一家,让她这个天性并不刚强的女孩感受到了家的温暖,她也渐渐让自己变得自信和坚忍。当然,她最大的遗憾,是大好年华未能安心学习,增长自己的学识。

去年阿萍重回海沈时专程去看望了爱英,一见面她就紧紧抱住爱英,止不住热泪盈眶。有很长一段时间,阿萍讲话会不经意冒出南汇口音,同事亲友取笑她,但她明白这是南汇这片土地留给她的烙印,无法轻易抹去,甚至永远不会抹去。

相比那些埋葬了青春甚至埋葬了生命的知青,阿萍、阿董、阿益、阿平他们仍然是幸运的。他们像一窝尚不能飞翔的雏鸟,被大风刮落在田野里,而海沈这片蕴藉着善良和温情并且还算丰沃的土地轻轻托起了他们,呵护了他们,锻炼了他们,直到他们飞回属于自己的天空。而留守这片土地的人们,将永远祝福他们。

再见，旧时光

儿子幼儿园毕业典礼那天，一群穿着鲜亮黑袍的孩子欢呼着把"博士帽"抛向空中，场面热烈而感人。想起我的学生生涯，那完全是另一个天地，简直像一场冒险。

到我上学时，大队里终于建起了一座小学。没有围墙，面对面两排平房，中间一大块泥地就是操场。

虽然已是 20 世纪 70 年代末 80 年代初，但专业师资仍然极度缺乏，我们的老师都是七拼八凑的。校长兼数学老师是退伍军人，其他老师都是生产大队里略有文化的村民，初中已算是高学历。

但学历不是问题，我的语文老师就教得很好，也很有爱心。是她第一个告诉我们，河水其实是不能喝的。所以尽管她把我的普通话教成了不可逆的"南方腔"，但我仍然尊敬她。

乡间小学

我二年级的时候,班里来了个公社沪剧团的演员当语文代课老师。他把语文课改造成了地方戏曲课,全班一起唱沪剧说唱《金陵塔》:"风吹金铃汪汪响,雨打金铃唧铃又唧铃……"此君似乎有点心灵扭曲,变着法体罚学生。比如背对黑板,两臂展平,手背各放一块黑板擦,要是掉下来就再来十分钟。他撕学生的本子像撕一张公共汽车票一样随意,有一次甚至让两个学生站到讲台前互相扇耳光。

大概四五年级的时候,来了个某科技大学的大学生当代课老师。他似乎是因为甲肝还是乙肝休学在家,被当作人才聘了过来。我讨厌这个老师不是因为他有病,而是因为他不懂"规矩"拂了我的面子。我那时成绩数一数二,是三条杠的少先队大队长,我爸是村民委员会主任,校长、老师都对我另眼相待,然后我就变得"骨头轻到没二两"。某一天我"调戏"后排的大眼睛女生,这个"不知天高地厚"的代课老师竟然当着全班的面严肃地批评了我,准确地说是毫不留情地讽刺挖苦了我,我简直惊呆了。

往事不用再提。

话说我们班有两兄弟，家里穷得叮当响，哥哥留了两级到了弟弟的班里。兄弟俩是出了名的混混，根本不读书，只捣乱。上到五年级时，哥哥终于彻底惹毛了我们的语文老师兼音乐老师，把他像一个沙包一样用力砸到门上，发疯似的拳打脚踢，打得门板都裂了。这就是 80 年代的村办小学，我们惯看风雨。只是我很疑惑老师是不是吃了豹子胆，怎么连这样的恶霸也敢打。

我们那个当过侦察兵排长的校长有两道像周恩来总理一样的剑眉。他显然把小学当成了他的独立王国。某一天他捕了只野猫，把剥下来的皮钉在木板上，在学校入口处晒了好几天。

又有一天，他带上我们几个高年级的孩子，到他家的责任田里割了半天水稻。

春天的时候，每天一放学，他就系上花袋（摘棉花时绑在腰上的布袋）和其他老师结伴割草去了，他还是养兔能手。

但你不能说他不管我们的死活。我们几个男生大冬

露天音乐课

天在学校后面的河边玩冰,被他抓到后,他让我们站在操场的太阳底下,每人两手掌心各放一块冰,不化完不能进教室。

老师们这么任性,我们也颇得真传。一时兴起就逃课去炭马唐。某一天学生中突传谣言,说是有人要来学校给每个孩子打"绝育针"。到下午整个学校就没有学生了。

当然我们也有德艺双馨的老师,比如五六年级时新来的班主任朱老师,他是本校第一个师范科班出身的教师。某一天午休时我骑跨在一条水沟上,弯腰从两胯间看到他正咧着小虎牙冲我微笑,这一幕我至今记忆犹新。儿童节的时候他带着我们骑自行车去海滩边游泳,他不游,坐在滩涂上看衣服,一脸慈爱。

但一切已经晚了,电影《放牛班的春天》里化腐朽为神奇的美妙结局并没有发生。那一年我们升学考试,我数学不及格,各科平均成绩大约是六十分。其他同学更加惨不忍睹。

客观地说是学校和家庭不能满足我对知识的渴求。

「天事盖」——故意地

我几乎把家里所有有字的印刷品都看了一遍，包括半本《水浒传》、长篇小说《雁塞游击队》、爸爸每天回家夹在自行车后座的《解放军报》，以及据说是很多"70后"性启蒙读物的《卫生手册》。另外我的劳动所得，比如卖蟾酥、卖铜丝得来的钱，除了用于买奶油雪糕、野鸡蛋糕（海棠糕）外，还有一部分投入了文化消费——买小人书。我记得买过《好兵帅克》，还有一本叫《伊凡》的科幻小人书，算是较早接触了外国文艺。

我在少年时代甚至迷醉于高高耸立的田间大喇叭，喜欢在放学路上听那个年代的音乐。有时是越剧、沪剧，有时是流行歌曲，比如《军港之夜》《北国之春》《上海滩》。甚至连播音员的声音也让我感到温暖，感到岁月静好。有时大喇叭里的声音只是大地的背景音乐，但依然令人感到安心和愉悦。

其实直到我读初二，我国才全面实施九年制义务教育，但我成绩这么差仍然顺利晋级黄路中学。我的理解是如果他们不降格录取，学校恐怕要开不下去。

也是从初中开始，我个人与外面的世界才开始有那么一点点联系。

我借了同村小民军唯一的一条紧身卡其布喇叭裤，觉得修身极了，优美极了，这和我平常穿的那种皱巴巴的直筒裤完全是两回事啊。于是天天穿，直到人家来讨才依依不舍地还了。

还有小建平的一件暗红色 T 恤，他主动借给我穿。效果也很惊艳，且不说我没穿过这么贴身又舒适的上衣，颜色也一反我常穿的乡土色系。那时边照镜子边想，我穿红颜色似乎也挺合适呢。于是又穿了好一阵才还。

小建平有两个哥哥、一个姐姐，所以经济基础比我好。他总是领先潮流一步，但不忘与我共享。当时我刚买了一个塑料玩具似的单放机，又问我表哥借了几盒韩宝仪、龙飘飘的磁带，正好他有一个音箱，于是在我家刚造好的新楼房里，我们俩鼓捣出了一套简易音响装置。"山清水秀太阳高，好呀么好风飘，小小船儿撑过来，它一路摇呀摇……"韩宝仪甜美的歌声在我粉刷一新的房间里飘荡，我们美好的心情也在飘啊飘。

那时候男生突然莫名其妙流行李小龙那样的发型，

穿牛仔裤的乡童

把后脑勺的头发留得很长,但本乡做了"改良",把鬓角刮得很短。我也到老街上去剪了一个这样的发型。那可能是我这辈子最朋克的一刻。

我上初中的三年,镇上建成了上海市郊第一条"农民街",此街一时成为沪郊农民创业致富的典型。当时街口开了个旱冰场,全乡的热血少年都在这里寻求新奇和刺激。那个被老师暴揍的同学的弟弟,是场中高手。只见他夹着根烟,耸肩摊手,如同托着两个无形的盘子,撑开双腿在人群中飞快地侧滑,突然又毫无征兆地急速刹停,尖锐的刮擦声引来众人的目光,两个无形的盘子依然稳稳托在空中。我的技术也还不赖,侧滑、倒滑都不在话下。穿着那件鲜黄粗硬的拉链夹克,撩一撩额头上的长发,穿梭在人群里。不知道在追求什么,只知道青春在风中飞扬。

三十年后,有初中同学在班级群里讲到,班主任陶老师说了,溜冰的都是流氓!几个溜冰的同学纷纷在群里认罪。仔细想想,我要是看到溜冰场里的那个我,说不定会完全同意陶老师的意见。

陶老师是难得的好教师。他是全校最牛的语文老师,也是最尽责的班主任。然而在没有补课的年代,再牛的老师也是清贫的。为了补贴家用,他回家还要割草喂兔子。调皮的同学,上课的时候指着陶老师沾满兔毛的裤腿掩嘴偷笑。

某一天陶老师在语文课的间隙把我叫到走廊上,皱着眉头告诫我要是不把那潦草丑陋的字改了,中考作文要吃大亏。还仔仔细细告诉我怎样从用一张半透明纸描字帖开始把字练好。

但总的来说,我是辜负陶老师的。我热衷的是和同学骑着自行车飞奔十几里路去买个微型电池风扇,哪怕雷雨天也要带着同学观赏我家门前黄连树上的白头翁。

但浑浑噩噩的少年时光飞快地溜走了,马上要中考了。也不知道初三的哪一天,我突然发现人生的路要自己走下去,于是收拾心情把三年的课本知识重新自学了一遍。

那一年我一举超越母亲对中专的祈愿,考进了我父亲的母校——南汇县中学。

全南汇的精英学生汇聚在这所有着三百年文脉的学府里，荷花池围绕的孔庙是历史的见证。1988 年的南中，处处流淌着求知和青春的气息。

在县城里读书，自然更贴近时代的脉搏。我们男生寝室热闹而温暖。有个室友父亲是某日化厂的总经理，他每隔一段时间就发我们一人一瓶绿瓶子的香波，甚至还给我们一人发了一瓶"毒药"——POISON 牌香水。他"率先垂范"，经常喷喷这个香水，所以我们这个简陋的寝室里永远弥漫着令人陶醉的香氛。80 年代一个郊县中学的男生寝室，时尚指数直追巴黎纽约。

每晚夜自习后，饥肠辘辘的我们回到寝室飞快地泡上一碗方便面，就是那种简装的只有一个调料包的营多牌方便面，呼啦啦倒进肚子里。如今我只是疑惑，这种飘着猪油和葱花香的好吃得要死的方便面怎么就绝迹了呢？半饿半饱之间，耳畔回响的是《半梦半醒之间》《北方的狼》《一场游戏一场梦》的旋律，感慨人生在田野之外竟能有如此况味。

但我还是单纯了。

「绕只脚」——算了

　　我们一些聪明的男生，已经在鼓捣用无线电与对面楼的女生寝室"通话"了。县城的男生已经在夜自习后把女生拐到了学校外。我们寝室英俊潇洒的"富二代"也很快情有所属，这哥儿们我真的很欣赏，低调沉稳，又有我们当时那个年龄少有的大气豪侠，我为能成为他"午夜吃喝团"的一员而感到荣幸。

　　除了打落袋（桌球）、踢小场子（篮球场）足球、中午吃完饭飞奔回宿舍抢着打"160分"——我曾经四副牌摸到了八个怪，足见我们打了多少牌——我们这些农村来的男生在干什么呢？一个与我同姓的男生，他每一堂课都趴着，一条胳膊枕在课桌边沿，那是他在看《天龙八部》。还有一个家伙居然玩起了爱情抽签的游戏，把几个心仪的女生名字写在纸上，折起来后"摸彩"。虽然那个被抽中的女生似乎并没有感到惊喜，但至少我欣赏他的勇气。还有一些同学热衷到录像厅里看港片，某一天一个男生惊魂不定地告诉我们自己被人摸了大腿——是个男的。

　　而我和一个同寝室的好哥儿们，精力没发泄到合适的地方，居然幼稚到夜自习结束后在安静的寝室楼里追逐，互扔书本。气得管宿舍的老太暴跳如雷，认为我们极大地冒犯了她的无上权威，于是我俩被取消了住宿的资格。从此风雪无阻每天骑行半个多小时上学。

走读的好处之一是我可以和宅上的小伙伴们保持接触。我从前的"小跟班"现在出息了，虽然是初中生，但已然情场高手，好几次趁人家父母不在偷溜进小女生的闺房。有一次差点被女生父亲活捉，幸亏手脚快躲进了衣橱里。因为是无话不谈的好兄弟，他汇报他的"艳史"时从无细节的保留。但我毕竟是重点中学的高中生了，我不能嘉许他这种荒唐的行为，但我也不打断他，我只是静静地听着，心里琢磨这些年纪小小的女孩究竟是怎么了。

这个时候小建平已经去当兵了，当的是驻浙江某地的炮兵。刚当兵那会儿他经常给我写长长的信，字里行间是军中男儿苦练沙场保家卫国的理想激情。我也写信勉励他，告诉他家乡的一些近况。但渐渐地他的信少了，激情也少了。

退伍后小建平也没有什么工作，跟着建筑队到市区拆旧房子。某一天不慎从两层楼高的位置跌落，一根横梁正好砸中胸腹部,不幸身亡。彼时他的儿子尚在腹中,如今已是大小伙子了。

高中的大部分时候我仍然是梦游般的状态。夹在自行车后座的书包,什么样子回家,就什么样子上学。通常我来到教室后,迅速地做好英语或语文作业,然后我抄同桌的数学、物理,他抄我的语文、英语。把一个文科优等生和一个理科优等生安排在一起,上帝果然善解人意。

高三的毕业季,我这个落后生面临高考的末日裁决惶惶不可终日。感谢新发明的会考制度,我以相当光鲜的文科会考成绩提前闪进上海师范大学。6月和7月,我悠闲地观摩了同学们挥汗如雨与高考殊死拼搏。

那时候的大学录取率远远没有现在高,但毕竟我们是资质优秀的学生,差不多四分之三的学生考入了或高或低的高等学府。

那个夏天,我们穿着白衬衫在孔庙的不远处一起拍了一张毕业合影。

此后的二十多年,我们断断续续地相会。相会的人里,一半的人生活在市区,一半的人生活在南汇。有的人说"阿拉",有的人说"伲拉"。

只是我们会共同回想起几位熟悉的同学。他们的面孔永远定格在年轻的岁月里。

A君曾经是一个开朗自信的少年,家境殷实,身体很壮,据说和社会上的青年也能自如交往。他一高兴就张嘴大笑,两颗特大号的虎牙分外醒目。他桌球打得很棒,击球前习惯右手搓开五指甩两下,冷静地瞄准,凌厉地出击。A君貌似为气任侠,却是个很感性的人,作文写得很好。然而他没有考上大学,毕业后就失去了联系。过了几年听说他吸毒了,反反复复戒了吸,吸了戒。直到某一天听与他住得近的同学说,他已服毒了断了自己,最后的时刻潦倒不堪,众叛亲离。

B君是我的好朋友,浓眉大眼,典型的国字脸,为人热情,心气高远。然而他高考不太理想,上了一所当时刚刚兴起的民办大学。我们暑假总要到B君远在海滨的家里小住几天。钓鱼,用瓮捉甲鱼,下"四国大战"。毕业后B君在老家附近的一个合资企业找了份会计的工作。偏居遥远的海边小镇,与同学、与社会越来越疏远,我能感受到他的落寞。没过多久 B 君结婚了,我们几个同学赶去祝贺。漂亮的新房、漂亮的新娘,我为他崭新的人生高兴。但意外的是,没过一两年,B 君竟悬梁自尽了。我只是听他说起有胃出血的毛病,偶尔也听他抱怨工作的不如意。究竟生活给了他怎样巨大的压力,答案已不再重要。

C 君是个女同学,一点点胖,眼睫毛像婴儿一样长,一笑眼睛就眯起来。她与 B 君来自同一个地方。上学的时候我几乎没有和她说过话,但相熟的同学说她其实挺开朗。C 君考上了一所位于郊区的师范专科学校,毕业后做了英语老师,一帆风顺。然而她准备托付终身的恋人不知为何突然变了心,我们这位刚烈的同学,竟然选择喝下剧毒农药以死相争,令人扼腕。

而 D 君,是一个清秀单纯的女生,皮肤有点黑,总是笑眯眯的。我和她有意思的一次交往,是她和几个要好的女生,要我给她们的本子上写几个字。这要感谢我那位陶老师,在他的教诲下我狠狠练了一阵子字帖,到了高中,这些天真可爱的同学竟然要留我的"墨宝"了。但这个总在微笑的女生,毕业后居然失踪了。有人说她爱上一个比她大二十岁的男人,但单纯的她似乎遭到了欺骗,精神变得不正常。直到今天,有同学言之凿凿地说她已经死了,而我宁愿相信她在另一个天地笑眯眯地生活着。

从传统农耕社会走向新世纪的一代乡村青年,面对时代的变迁、人情的变化,不知所措。今日更加开放、更加洒脱的一代人,是否会有不一样的选择?

又想起我的小学同学 E 君。似乎是大二的某一天,我突然心血来潮给 E 君写了一封信,不知所云地表达问候和祝愿。因为我听说她少女时代就情深意笃的恋人背弃了诺言,以致她精神上出了点问题,甚至一度中断了工作。她是非常漂亮的农村姑娘,卡通画般的大眼睛,白皮肤,长发及腰,成绩也很好。虽然我们从小学到初中,只是微笑招呼并没有很多的话,但总是惺惺相惜。

我鼓起勇气决定去看望一下她,她说好啊。

在她小学的办公室里,我看到她对我真诚地微笑,神情自若,言语得体,竟然有一种难以名状的激动。她像老友重逢一样高兴,咯咯地笑着,白皙的鹅蛋脸漾着红晕。

「咸么斯尼」——有的没的

而我的笑容大概是僵硬的,本想带去同情和安慰,不料却开始担心她会不会觉得我莫名其妙。

回首1991年的初秋,父亲陪着我,提着沉重的铺盖和生活用品去市区西部的大学报到。这是继小学春游西郊动物园后,我第二次走向城市。父亲兴致勃勃,而我心怀憧憬却又莫名踟蹰。当周南线一顿一挫地开出东门车站,我怎会想到这是一段如此遥远且几乎无法回归的旅途。

附录一 南汇童谣八首

侬姓啥

侬姓啥？我姓黄，

啥个黄？草头黄，

啥个草？青草，

啥个青？碧绿青，

啥个碧？毛笔，

啥个毛？三毛，

啥个山？高山，

啥个高？年糕，

啥个年？

1958 年，俆阿妈养个小瘌痢。

注：其实这个年份是可以自由变换的，但本乡流传的是

这个版本，应可推断此歌谣在 20 世纪 50 年代就已流传。

老雄鸡

老雄鸡喔喔啼,飞到娘舅拉竹园里,

娘舅讲,杀脱伊,舅妈讲,养拉兮,

养到来年孵孵小小鸡。

小鸡小鸡真小鸡,拆污拆来青草里,

青草满开花,锛地(翻土)种黄瓜。

种个黄瓜两头大,拿去望杜杜(姑妈)。

种个黄瓜两头小,拿去望嫂嫂。

嫂嫂养个小宝宝,侬抱抱,我抱抱,

夹(紧抱)煞兹么侬肉麻咾我肉麻(心疼)。

驮驮背

驮驮背(背着儿童),

卖升箩(竹或木制的盛器),

升箩强(音,指便宜),

买只羊,羊么叫,

买只鸟,鸟么飞,

买只鸡,鸡么啼,

买只犁,犁么秒脱三亩田。

牵磨子

牵磨子,阿磨子,

婆婆养个小猴子(儿子),

被勒公公喀(音,指压)煞兹,

婆婆仍旧个苦恼子。

正月半

正月半呀敲团结(音,指脚扁)

黄狼勿衔鸡。

衔兹鸡么抽侬筋咾剥侬皮,

捉侬勒甏里,

放来侬洋(河汉)里。

嘟嘟嘟

嘟嘟嘟,

马来哉,

隔壁小姐居来哉，

问倷烧格啥小菜？

烧呃荬白熯（一种乡下烹饪法，类似炒）河虾。

一路马

一路马，

两路马，

三路开始打大麦。

麦子好，麦子怺（坏），

叽里咕噜发个拳，

唪！

一才（音，指本来）要打千千万万记，

现在辰光来勿及，

马马虎虎打廿记。

注：这是一个玩石头剪刀布游戏时的儿歌，每一句都伴
手势，唱到"唪"时出拳。

月月亮

月月亮，高高亮，

小团出来白相相。

夜里去看做道场，

做呃道场能好看(这么好看)。

乡下姑娘才(都)来看，

看么看兹一身汗，

居来养个木罗汉，

称称看，二斤半，

烧烧看，两镬(锅)半，

吃吃看，两碗半，

拆拆看，两坑(粪缸)半，

搞搞(音，指施肥)看，两亩半，

收收看，两石半，

拨勒老鼠吃脱一石半，

初一哭到月半，

眼睛瞎脱只半(一只半)。

（口述：谈新芳　王引莲　沈爱英）

附录二　哭嫁歌《谢爷》

亲爷啦,噶拉(他们)二月清明么勿话起,

端午前头么勿谈起,

九月重阳勿论起,

勿时勿节来话一遍,

也勿话啥歇个日咾隔个日,

伲亲爷一口应酬噢声能。

亲爷啦,

侬捏出桃红帖子么绿罩边,

话出说话呒改移。

亲爷啦,

我多时多刻(平日)勿好谢,

今朝膝馒头落地重谢侬。

爷啦,

侬备么备兹一身汗，

拿到噶拉姓啥门中看勿中。

侃亲爷备兹头号蜡台银子样，

备兹六角田盂(陶瓷器皿,有盖)像呃髦。

侃亲爷备兹头号米箩要搭脚桶口。

侬备兹头号黄铜脚炉白铜攀(音,指提手)，

还有三百有零梅花眼，

四百勿满胡椒眼。

亲爷啦，

侃亲爷家里清壳(清贫)手里紧，

拔高我来携高我，

着得(巴不得)多拨点多拨眼。

噶拉看大拉呃眼睛眶，

听大拉呃耳朵桩，

勿稀奇来勿喜欢。

亲爷啦，

侬养我小小女因勿分男来勿分女，

今朝踏板头浪(上)推出女因最冤枉。

侬小嗨里厢(小时候)宝贝我来值钿我，

要拿阿哥看成一样能，

今朝年轻月小推我出去做新妇。

亲爷啦，

侬拨(嫁)兹败落人家空门头，

要拨暴涨人家么金扎头，

新做町岸松喽喽(不紧实)，

要拨小吃小做么倒勿惬。

侬拨我东来西勿送，

侬拨我海塘海里做新妇。

我脚脚踏兹茅柴荡，

口口喝兹牛污(屎)汤，

牛脚渍(足迹)里淘白米，

蟛眼(蟛蜞)洞里吊清水。

大小阿姐拨勒脚脚踏兹西潮水(县城以西的好地方)，

口口吃兹西潮饭，

时路末事(时鲜东西)先吃起，

强货末事（价廉物美的商品）先买起，

花妙末事先看见。

吃兹西潮饭么，

塘东米饭桂花香，

塘西米饭枣子香。

拨勒我海角海里做新妇，

勿落东来勿落西，

登勒（待在）河塘两岸吃麦栖。

亲爷啦，

侬养我小小女囡啥用头。

早数里厢（早年）欺败（欺负）煞兹也倒罢，

三铧抄来两铁搭，

勿要养大拉么勿生思（笨拙）来勿升腾（没出息）咾勿要害

人家。

亲爷啦，

养我小小女囡真白送。

养我小小女囡是汤罐坛（土灶上利用余热温水的小锅）浪铜

勺勿好当啥鼓来敲,

养我小小女因勿好算啥唔子(儿子)能。

我个女因是折头货,

人淘嗨里(人群里)春勿和,

姊姊妹妹淘里轧勿和,

人短矬小勿好算啥人。

侬拨勒噶拉姓啥门中做新妇,

噶拉兹人才出客志气好,

奈朝后日子轧勒大妈婶婶淘里轧勿和来春勿和。

亲爷啦,

侬玉白长衫袖子做勒大道(宽大)点,

奈朝后日子发(甩)衣裳袖么端拜年,

发衣裳袖做短人。

养我小小因话错说话人家要谈论,

做错生活人家要贬啁(嫌弃)。

奈朝后日子惹气人家大人么,

腊雪腊雨勒拉后壁脚,

冰胶雪冻哪得烊(融化)。

惹气男大人么新做保正象象能(煞有介事)，

惹气姑娘小叔么犹如肉刺毛。

拨兹噶拉药店门中药料多，

拨兹噶拉染店门前颜料多，

拨兹缸甏店里么罐头多，

姑娘小叔实在多，

我难做人来难吃饭。

侬亲爷么耳朵当眼睛，

东勿拨来西勿送。

水么望低头，

人么望高头，

侬么想拨高我来擎高我，

哪晓得噶拉乌里蛮理(不讲理)头一家，

牛气满身算噶拉，

黄香瓜么肚里烂，

回春萝卜抽心烂，

三升散面有一手，

三铷胡椒有辣手，

油炒葡桃(核桃)利尖头。

我搭噶拉张(争)勿过谇勿赢，

鼻头眼里做输赢。

（口述：潘彩莲）

附录三　哭丧歌《哭娘》

亲娘啦，

我七七要报娘呃恩。

西南大椅爷先坐，

敲冰汏纳娘辛苦，

伲亲娘十只节头(指头)冻勒只只痛。

亲娘啦，

我七七要报娘呃恩。

娘啦，横抱三年哪肯大，

竖抱三年哪得长，

三角绿砖(砖头)磨成芯，

四角绿砖磨端正，

铁尺磨成绣花针。(以上三句根据我母亲的讲述修改,原句为

"等于三年磨顺心",难以理解)

亲娘啦，

花开花谢年年来，

哪得望伲亲娘来？

化脱滩洋呒处寻，

要拿兹青铜镜子照亲娘，

转转思量欠兹娘。

哪得望侬早晨开门走进来，

夜时关门报（音，指走）进来。

伲亲娘勒拉我黄昏困兹暖被头，

早晨落起来（起床）么亲娘前头行，

奈侬到兹格滩（那里）去来哪会来？

亲娘啦，

侬个娘格苦么真正苦，

人家娘格苦么浮淡稀。

伲个娘入骨苦，

人家格苦么黄连苦么还有红糖加，

百合苦么还有白糖加，

伲亲娘格苦么要拿啥来加？

黄连头浪苦到脚后跟，

黄连淘饭兜底苦，

枸橘李（月季花果）泡茶心里苦。

伲亲娘养伲女囡真苦恼，

人家老姜泡茶要清凉，

橘饼泡茶满碗香，

伲亲娘兹黄连揩汰一身苦，

黄连揩面面上苦，

头发尖里苦起苦到脚后跟。

亲娘啦，

荠菜花开勒浜滩边，

五蒂藤开勒町岸边，

又要塌脱（锄掉）又要拔脱兹，

人家木樨花开勒满园香，

又加香来又加好，

伲个娘真格苦恼人。

亲娘啦，

我恁个人么算啥人？

初三夜里看看别人家么月半十六大月亮，

高又高么亮又亮。

我是月半夜里挂灯空好看，

我路上风来吹得倒，

雨来落得烊（融化）。

我恁个苦么真正苦，

我一岁行运吃苦起，

二岁行运落难起，

到迭个时期（年岁）我落劫落难勿盼格。

我到噶拉姓啥门中做新妇，

盼吃好饭来穿好衣，

我到噶拉姓啥门中做新妇，

公（公公）盖（责难）倒还罢，

婆凶么也还罢，

我平辈手里做新妇，

苦头吃勒袜能深（早前的袜没有跟，看上去很深）。

养呃唔子勿管事，

只养身来勿养人，

只养嗰拉风吹大、日晒长，

我么忧柴忧米忧过去（度日）。

亲娘啦，

我抬头勿见亲娘睁眼勿见亲娘么真厌瞪（可怜），

石人勒要落出眼泪来，

朝外跑么眼泪遮没脚板头，

朝里跑么眼泪遮没仙人头（瞳孔）。

（口述：潘彩莲）

附录四　一道来猜谜谜子

七石缸里打油【打一上海地名】 　　油汆

竹园里经布【打一浦东镇名】 　　川沙

三斤米个饭团【打一原南汇镇名】 　　大团

三个小团拆污（指如厕）【打一原南汇镇名】 　　三灶

两亲家公白话（指闲聊）【打一上海地名】 　　江湾

菜荠不摘【打一上海地名】 　　莘庄

西湖里铺地搁【打一浙江地名】 　　平湖

一个老公公,坐么坐得高,跌下来么拐（摔）断腰
【打一建筑物】 　　凉亭

白丝白布桥,白丝造顶桥,上头金鸡叫,下头踏
洋车("车"音同"橇",指黄包车)【打一纺织工具】 纺车（倒）

日里备(音,指藏)啦,夜里弄(音,指伸)
出来望啦【打一生活用具】 门闩（倒）

东南角上只红脚桶,端死端煞端勿动
【打一自然事物】 太阳（倒）

日里实剥剥(饱满),夜里空落落【打一生活用品】 鞋子（倒）

夜里实剥剥,日里空落落【打一生活用品】 被子（倒）

一个矮子,戴么戴兹三只戒指,侬要抽我
裤子么,我要除脱侬帽子【打一生活用品】 钢笔（倒）

身上着兹天青缎子,头上戴兹红鸾帽子,
讲起闲话来么嗯兹重兹(指鼻音重,含混不清状)
【打一动物】 鹅（倒）

东一沓(音,指一条或一根),西一沓,
当中坐只花背蟹【打一动物】　蜘蛛

青奕奕,活剥皮。蘸酱油,好东西
【打一蔬菜】　茄子

小小凳,小小盖,小小凳里有眼好小菜
【打一动物】　螃蟹

弯弯曲曲一条龙,雷响霍西一点红
【打一生活用品】　火柴头

爷么蓬头,娘么蓬头,养个儿子尖头【打一植物】　竹笋

七七四十九,毛皮扎细帚,上头拱拱响
(音,拟雷声),下头有人走【打一生活用品】　雨伞

一个老婆婆,背么背兹八斤豆,一程走么一程漏
(指一边……一边……)【打一动物】　羊

七寸裤子八寸腰，褪下来么一身毛
【打一植物】　　　　玉米

一粒谷，溅么溅兹一家屋【打一生活用品】　　火油灯

矮么矮呃，壮(胖)么壮呃，背脊骨
上生个档呃【打一生活用品】　　火笼

怪来怪来，背脊骨上拆出污来【打一工具】　　刨子

两只猫狮对面坐，吃红饭，拆黑污
【打一生活用品】　　脚炉

卡卡活活(开开心心)娘家去，眼泪汪汪
到屋里(回家)【打一生活用品】　　水桶

生不好吃，熟不好吃，一程烧咾一程吃
【打一生活用品】　　香烟

青嫩嫩，嫩嫩青，亦像竹头亦唔棘，
亦像木头亦空心【打一植物】　　茭

青嫩嫩，嫩嫩青，开花结果像腰菱

【打一蔬菜】

四四角角一块田，零零散散卖铜钿【打一食品】

天上招招，地上拍拍，猜不着么叫我爸爸

【打一农业用具】

姊妹两个隔个堰（田埂），望煞望不见

【打一器官】

金鸟笼，银鸟笼，跌碎箍勿拢【打一食品】

天青缎子白夹里，房子造勒房子里，

小团养勒泥潭里【打一动物】

嬉嬉笑笑，跟人报（音，指走）桥，火烫勿焦，

棒打勿跑【打一光学现象】

（口述：谈新芳　王引莲　沈爱英）

后记

一个完美主义者和拖延症患者居然真的写出了一本书，连我自己都又惊又喜。我写这本书的第一篇文章是在 2007 年。

虽然生活在城市的日子已远远长过我在乡村的童年和少年时代，虽然今天物质上的丰富程度足以让童年的我瞠目结舌，但我始终觉得儿时在南汇农村的日子是我个人最高品质的生活，每一天都像镀了金子，闪闪发光。然而这大抵是 déjà-vu，一种错觉。我只是剔除了头上长虱、脚生冻疮、被母亲用花萁秆抽腿肚子、插秧插到天黑想一屁股坐在水田里的窘迫和苦恼罢了，而且没有补课也不指望前程的童年自然要轻松得多。

只是偶尔想起行走在家乡某一处陌生的地方，似乎要去经历一件愉快的事，比如去喝喜酒，或者去北边那个有砖窑的村子玩耍，天是澄碧的，风是清凉的，阳光如此透明，就会突然穿越到那时候的心情，完全的无忧无虑，就像是幸福的定义。我周围氤氲着一种微妙的气氛，可能由某种大自然的气息所营造，我的身心彻底放松，仿佛飘浮在空气里。然而这种几乎可以抓住的美妙感受稍纵即逝，而后悲伤地发现它无从复制。或许这就是不可追的童年，是上天分赠给每个人的幸福时光。

我就这样觉得我的家乡是一片别具魅力的土地。可南汇在中国的版图上实在只是一片再普通不过的长江三角洲冲积平原，我记忆中的乡村美景是要让徽州的、高密的、商洛的、湘西的、桂林的、绍兴的读者笑话的。但我从来不曾失去自信，因为我家乡的土地，曾经孕育出两个卓越的人，一个是张闻天，一个是傅雷，他们高洁智慧的灵魂，我以为在近现代的中国罕有其匹。所以我坚信这片土地上的风物人情是不同寻常的,因为只有健康丰润的母体,才能孕育出美丽的生命。

然而关于家乡的历史地理风俗,似不曾有人详细地描写过。我没有力量去廓清南汇的历史,填补其中的细节,但我自以为是南汇七八十年代乡村图景的最佳讲述者,所以总有一种莫名其妙的使命感和责任感,希望尽快把那这片土地上的风景和风俗一一写下来。趁这片土地还有一点点过去的模样,趁我爸妈和宅上的长辈还耳聪目明。

2006 年我去美国工作,临行前我对妻子说,这两年里我要为沪乡写一本书。然而我只写下了一篇《夏夜的交响》,一千二百字,还有两篇关于历史地理的半成品。当我重续旧题准备拿来充数时,却发现这些矫揉造作的文字几乎无一堪用。

十年延宕,我本人的怠惰自然是主要的原因,但以有限的资料,去描画一段数十年前模糊的历史,实在也是一件让人望而生畏的事。

只是一个偶然的事件"逼迫"我完成了这本书。只能说世事奇妙,有时候等待也是一种机缘。

2016年春节,我在个人微信公众号"美国行摄"(现改名为"明月文章")上写了一篇文章——《一本文庙老相册,竟记录了民国无名"女神"的一生》。不想此文一夜传遍朋友圈,一周内阅读数破百万,转载不可计数。所以有那么几天,上海包括外地的许多媒体接连采访我,让我谈怎么发现的这本相册,为何要写"民国女神"李伟华。

这其中包括"克勒门"文化沙龙主持人阎华对我的访谈。在和她的交谈中我讲到我想写一本关于沪乡的书,想写洴沟头、经布刷布、孵日旺、夏夜乘凉这些温馨有趣的旧日风俗。我想说的是,我写"民国女神",写乡土往事,都是想记录下那些纯真美好的人和事,那些久违的价值观和行为方式。我感觉到她在听的时候没有失去兴趣,而且写进了微信公众号文章里。

而三联书店上海公司的编辑们看到了这篇文章,并通过著名作曲家、钢琴家陈钢以及我的同事——文艺评论家、画家林明杰先生联系到我,告诉我他们想出这本书。

正如三联从微信朋友圈发现了我的心愿,这个心愿的实现也与互联网紧密相关。可以说这是一本写过去的书,却是以最当代的形式完成。

在写作的过程中,我每完成一篇即发布在"美国行摄"公众号上,而我最大的私心,是期望读者,特别是南汇地区的读者能对我的写作指陈谬误,提出建议。

这种崭新的写作方式让我获益匪浅。比如人们告诉我周南线行经的大河是六灶港,那种蓝色的小野花叫阿拉伯婆婆纳,小龙虾出现在南汇的时间要早于1980年。很多人纠正我关于烧纸、伊选西瓜、芦粟的错误写法,可爱的老乡们还补充了很多有趣的南汇方言,比如"偷备兹""困脱卯"。还有亲历者指出,开挖大治河并非如我写的那么浪漫,真实的劳动艰苦至极。所以你所看到的文本,很多读者已经"预审"过了。

而在互联网上写作于我更大的好处是读者实时的赞赏和期待。这比签字的协议更加有效,使我不敢懈怠,也不敢有丝毫敷衍。这些读者包括我的亲友,同乡,初中、高中、大学的同班同学,还有单位的同事。我的中学同学乔慧,不仅时时给予赞赏和鼓励,还在文献资料、事件细节等方面给予极大的帮助。同乡的浦东摄影家协会副主席吴慧全,在本书历史照片方面出力尤多。关于照片,还要特别感谢民间收藏家冯建忠先生。我的同事李天扬兄热情转发,他早些年就建议我在报纸上开专栏写一写沪乡的故事,他甚至认为填补上海郊区风俗文化记忆的空白、记录上海乡村从传统到现代的迁流是一件"伟大的事"。诚挚感谢民俗学大家仲富兰教授,他在一个民俗群里对我的习作屡屡给予肯定和指导,使我备受鼓舞,裨益良多。当然更多人是素昧平生的。一位不曾谋面的学姐兼同乡 chen 说,每次看完我的文章都热泪盈眶,谢谢我写出了一代人的沪乡。而我要感谢她告诉我茅草花就是成语"如火如荼"中的"荼",为此我曾拟过一个书名——"暮云如火思如荼"。虽然很多赞美之辞非我能承受,但在热切的留言背后,我看到真诚的目光,听到加油的声音。在此向所有网络读者致以最诚挚的谢意。

当然我要特别感谢我的父亲母亲,他们全天候的顾问服务给予此书决定性的帮助。他们关于南汇农村丰富的阅历和知识,以及他们身上继承的人文传统,让这本书有了更广阔的维度。感谢它的第一读者——我的妻子,虽然她对我要成为一名作家早已不抱希望,但关于此书,她的嘉许始终如一。还有我的儿子,他经常因为我不能陪他玩耍而生气,但他在敲击我的键盘时总算手下留情。

最后,我想谈谈农村的未来。

很多人在城市里待得久了,就会想去海边,或者回归一处宁静的乡村。你看,民宿突然就成了一种潮流。在莫干山的山谷里,在松阳县的悬崖边,在洱海之畔,在长城脚下,改造一间或一片民房,有落地的大玻璃窗,有看得见风景的阳台,在院子的树下喝茶,看云,数星星。年轻的老板或老板娘是屋子的主人,或者是寻访至此的生活梦想家。所有的店家和远道而来的住客,都有一颗自由的心,一份诗意的情怀。

民宿就像火种。只要有年轻人,特别是有一定文化修养、一定经济实力的年轻人重归故里,哪怕只是改造了一间屋子,只是雇用了一个当地人,都是极有价值的。事实上有的民宿业者已经开始着手复兴当地的传统文化和手工业,比如以古法制墨作为伴手礼,邀客人一起制作当地的传统糕点。

我还看到一些社会学者、艺术家、建筑师箪食瓢饮、苦心孤诣，投身于乡村的保护和重建。在安徽、浙江等地的传统村落，有很多的尝试，也有不少接近成功的案例。

因为越来越多的人意识到，乡村不可以沉沦。民淳俗厚、百业兴盛、美丽宜居的乡村，是可靠的社会基石，也是每个人的平安幸福所系。

而我的家乡该何去何从？

当 20 世纪 90 年代初黄路乡一家墨水厂把老港河在一夜间染黑之后，我与家乡的情感就越来越疏远了。当我再次回过身来，村庄已然寂寥而陌生。

虽然母亲时不时感叹经常找不到一个可以聊天的人，但她仍然觉得当下是她人生最幸福的时光。她抚养三个子女的重任已经完成，有"小城镇补贴"的她也无须再为生计而辛苦劳作。她最高兴的事，就是天蒙蒙亮就摘好蔬菜，带上鸡蛋，踏上地铁 16 号线 6 点 18 分的头班车，一个小时就到达我在市区的家。而这样便捷的现代生活，是她以往做梦也不敢想的。

每次我沿着通畅的高速公路开车回家,从桥下穿过1501绕城高速走到村子的另一头,看着闪闪发光的16号线列车编组缓缓驶进高大的地铁站——那里曾是我的小学的所在地——感觉梦幻而不真实。

关于沈家宅的未来,母亲以及我的父辈们其实并没有太多的思考。他们已经习惯了乡村的不断城市化,也做好了随时离开土地的准备。对于生于斯长于斯的乡村,母亲从来没有神化过。但除非小孙子撒娇挽留,不然她再晚也要赶当日的地铁回家。这是她对乡村最真实的依恋。

看着高耸的电信发射塔、荒弃的老港河,听着百米外绕城高速上卡车呲呲过桥的声音,我有时会想,不如快快出一个宏大的规划,重新改造这片土地,让乡亲们有一个安逸的居所,让老家有一个新的面貌。

而我至少还可以梦想,将来在哪里造一栋房子,离城市很远,离麦田很近,有波光潋滟,有清风徐来。坐在场地上,可以想起童年的时光。

2016 年,桂香时节